COLEÇÃO
PENSADORES & EDUCAÇÃO

Paulo Freire & a Educação

Jaime José Zitkoski

Paulo Freire & a Educação

2ª edição

autêntica

Copyright © 2006 Jaime José Zitkoski

COORDENADOR DA COLEÇÃO PENSADORES & EDUCAÇÃO
Alfredo Veiga-Neto

EDITORAÇÃO ELETRÔNICA
Carolina Rocha

REVISÃO
Cecília Martins

Todos os direitos reservados pela Autêntica Editora. Nenhuma parte desta publicação poderá ser reproduzida, seja por meios mecânicos, eletrônicos, seja via cópia xerográfica, sem a autorização prévia da Editora.

AUTÊNTICA EDITORA LTDA.
Rua Aimorés, 981, 8º andar. Funcionários
30140-071 . Belo Horizonte . MG
Tel.: (55 31) 3222 6819
TELEVENDAS: 0800 283 13 22
www.autenticaeditora.com.br

Zitkoski, Jaime José

Z82p   Paulo Freire & a Educação / Jaime José Zitkoski .
– 2. ed. – Belo Horizonte : Autêntica Editora, 2010.

ISBN 978-85-7526-220-7

96 p. — (Pensadores & Educação)

1.Educação. I.Título. II.Série.

CDU 37

Ficha catalográfica elaborada por Rinaldo de Moura Faria – CRB6-1006

Uma das tarefas do educador ou educadora progressista, através da análise política, séria e correta, é desvelar as possibilidades, não importam os obstáculos, para a esperança, sem a qual pouco podemos fazer porque dificilmente lutamos e quando lutamos, enquanto desesperançados ou desesperados, a nossa é uma luta suicida, é um corpo-a-corpo puramente vingativo.

Freire, *Pedagogia da esperança*, p. 11

SUMÁRIO

Introdução	9
Capítulo I – **Freire: educador da esperança**	13
Capítulo II – **Temas freirianos**	25
Capítulo III – **Educação e humanização**	53
Capítulo IV – **Cronologia: vida e obra – tempos e lugares**	71
Capítulo V – **Sugestões de livros sobre Freire e a educação**	79
Capítulo VI – **Sites relacionados à obra de Freire**	87
Considerações finais	89
Referências	93
O autor	95

Introdução

Este livro tem por objetivo apresentar ao público da área da educação um dos pedagogos mais discutidos no século XX e, por que não dizer, nos dias atuais. Paulo Freire figura como um pensador na área da educação que se preocupou em construir uma teoria pedagógica trabalhando aspectos antropológicos, epistemológicos, éticos e políticos relacionados com o processo educativo do ser humano, articulando-os com os desafios das sociedades contemporâneas.

A atualidade do pensamento freiriano desponta num contexto de profunda crise social – com diferentes níveis de exclusão – que o mundo contemporâneo apresenta. A área da educação é instigada, por meio das temáticas que Freire abordou em uma obra coerente com seu tempo, a levar adiante as reflexões dos principais problemas humanos, sociais, políticos e éticos que dizem respeito a cada cidadão.

Os livros de Freire foram traduzidos em diferentes países e discutidos por públicos de áreas acadêmicas (Educação, Serviço Social, Direito, Saúde, entre outras), e também nos movimentos sociais e por lideranças em projetos sociais emancipatórios. A *Pedagogia do oprimido*, por exemplo, foi traduzida para mais de 20 (vinte) idiomas, atingindo, praticamente, todos os continentes. Uma obra desse porte não se consegue trabalhar num estudo como este, que faz uma breve síntese do pensamento do autor. Entretanto, o esforço aqui realizado serve mais de convite para os interessados em aprofundar o pensamento pedagógico de Freire terem conhecimento sobre as obras fontes e estudos já realizados com maior profundidade por autores que dedicaram longos anos de pesquisa sobre a obra do pedagogo.

O presente livro está estruturado em seis capítulos, que se articulam entre si, com o objetivo de convidar o leitor e o estudioso da área da educação a obterem uma visão panorâmica sobre quem foi Paulo Freire e o que ele representa para a pedagogia contemporânea. Além disso, o leitor poderá visualizar as principais temáticas trabalhadas ao longo de sua vida em diferentes livros, textos, palestras, cursos e projetos em que atuou, dando testemunho de uma educação dialógica, que se presentifica nas relações humanas de respeito às diferenças e reconhecimento dos saberes do outro.

O primeiro capítulo trata da importância de Freire em defender e testemunhar uma "educação para a esperança". Vivemos em um mundo marcado pela crise de projetos, de utopias e da proliferação de incertezas com relação ao futuro. Diante dessa realidade, a proposta de Freire nos desafia a lutar por um mundo mais humanizado. Sua obra aponta para a necessidade de se cultivar uma *"educação da esperança"* para que humanamente possamos superar as *"situações-limites"* das sociedades contemporâneas.

A parte mais densa do texto encontra-se no segundo capítulo, que trata das temáticas centrais presentes na obra freiriana, tais como: a questão da cultura como libertação humana, que nos desafia a repensar o papel social da educação; o contexto da subjetividade na história; além de problematizar a questão política e ética da educação. Esses são alguns dos temas abordados no conjunto das reflexões e análises sobre a contribuição de Freire para a pedagogia contemporânea.

O capítulo terceiro aborda a relação dialética Educação-Humanização. O que perpassa essa discussão é a leitura da obra freiriana, buscando mostrar a originalidade de um pensamento dialético, que não simplesmente repete a tradição da filosofia ocidental, mas procura alternativas para avançar no debate teórico impulsionado pelas questões da realidade social, principalmente dos países periféricos da geopolítica mundial. Educação é sinônimo de humanização, de *ser mais* e construir um mundo mais digno com relação às condições concretas da existência humana em sociedade. Nesse sentido, para Freire, educação requer a unidade dialética teoria-prática, que deve transformar-se em práxis social.

E, finalmente, os três últimos capítulos contêm algumas informações que situam a história da vida e a obra de Freire, além de oferecerem dicas sobre a possibilidade de se encontrar mais informações sobre sua proposta de educação em sites e bibliotecas virtuais. Estes capítulos finais têm o objetivo de remeter o leitor a outras fontes de pesquisa, que poderão oferecer subsídios para ampliar a pesquisa sobre a temática em questão.

CAPÍTULO I

FREIRE: EDUCADOR DA ESPERANÇA

Situar Freire no atual contexto da educação contemporânea requer, em primeiro lugar, que se olhe para a problemática central de sua pedagogia em uma sociedade marcada por fortes traços de exclusão. Por meio da denúncia de um mundo desumanizado, o pedagogo nos desafia a pensar alternativas para caminharmos em direção a uma *Pedagogia da esperança*. Em seu livro que leva esse título, o educador da esperança defende que

> hoje, mais do que em outras épocas, devemos cultivar uma educação da esperança enquanto empoderamento dos sujeitos históricos desafiados a superarmos as situações limites que nos desumanizam a todos. (1994, p. 11)

Devemos educar a esperança para não cairmos nos fatalismos facilmente tentadores no que diz respeito à acomodação às realidades que nos cercam no trabalho, na sociedade e nas práticas políticas e culturais do imenso turbilhão de acontecimentos que constituem a vida das sociedades contemporâneas. Esperança não é espera vazia, mas uma paciência impaciente que só tem sentido na luta por um mundo melhor, mais humanizado, onde seja possível conviver com as diferenças e onde exista dignidade para todos.

Nesse sentido, a educação é desafiada a trabalhar a esperança na emancipação social, revendo paradigmas que já não têm potencial explicativo da realidade e mostram-se limitados diante da complexidade de nosso mundo atual, afirmando a importância da dialogicidade no processo formativo do ser humano.

A esperança na emancipação social

As teorias de Freire estão na origem da Educação Popular como paradigma latino-americano que traz inúmeras contribuições para a pedagogia mundial. Freire foi um dos pioneiros nesse esforço de problematizar os desafios concretos que impulsionaram a articulação de lutas organizadas dos Movimentos Populares em direção à transformação das realidades sociais opressoras. Pela coragem e pela postura coerente de humildade e autocrítica, a proposta freiriana convergiu para um grande movimento de Práxis Transformadora que foi emergindo da realidade social latino-americana e passou a contar com inúmeros líderes, intelectuais e educadores do mundo todo.

Porém, a razão maior de trazermos Freire para discutir novos horizontes teóricos no campo da educação reside no fato de que ele nunca fixou seu modo de pensar, de ler o mundo e de refletir sobre seu grande tema que é a Educação em sentido amplo – como humanização de nossa existência no mundo. Desde os anos 60, quando Freire lançou suas primeiras obras mais sistemáticas (a exemplo da *Pedagogia do oprimido*), expressando sua proposta de educação, ele buscou rever-se a si mesmo, considerando as críticas que recebia de seus leitores e de estudiosos e, por outro lado, sempre esteve atento ao dinamismo da realidade que nos desafia a relermos constantemente o nosso mundo e a revermos nossas posições.

Em toda sua trajetória, como educador e teórico da educação, Freire buscou atualizar seu modo de pensar e refletir sobre os temas que abraçou como plano de trabalho. Portanto, mesmo tratando de problemáticas comuns em suas diferentes obras, Freire reelaborou suas ideias, recriando o raciocínio e a forma de abordar as questões centrais por ele trabalhados e desafiou-nos com novas intuições, sempre fecundas e originais. Ele próprio, discorrendo sobre suas intuições, nos diz:

> As intuições têm muita força em mim, eu sou muito sensível às novas idéias, tanto que às vezes me concebo como adivinhador. Mas, o meu mérito é não ficar cego às intuições, mas submetê-las ao crivo crítico, sistematizar as idéias em forma de reflexão crítica propondo alternativas para o processo histórico-humano.[1]

---

[1] É um depoimento vivo pronunciado por Freire esm palestra realizada no Simpósio Paulo Freire nos dias 4, 5 e 6 de setembro de 1996 em Vitória/ES, do qual tive a oportunidade de participar e sentir de perto a efervescência das ideias freireanas sendo trabalhadas hoje em diferentes realidades da América Latina .

Nessa direção, uma das grandes intuições que Freire submeteu à análise e reflexão crítica, ao longo de sua trajetória enquanto educador e filósofo da educação, é a problemática da concreta libertação das pessoas de suas vidas desumanizadas pela opressão e pela dominação social. Essa foi a grande luta travada por Freire e sua proposta pedagógica traduz, de forma integral, as preocupações que perpassam, do início ao fim, sua atuação prática como educador e intelectual.

O maior desafio que Freire lançou a si mesmo – e a quem compartilha do mesmo sonho e da mesma utopia – é a humanização do mundo por meio da ação cultural libertadora[2]. Esse desafio, sem sombra de dúvidas, continua hoje mais atual do que há vinte ou trinta anos e requer de nós, seres humanos, sujeitos da história, um compromisso ético e político claramente definido em favor da transformação da realidade. O mundo real que nos cerca é intrinsecamente dialético porque, efetivando-se historicamente, nos constitui e, ao mesmo tempo, é constituído por nós, que somos sujeitos da práxis social. Portanto, frente aos problemas que a realidade atual nos apresenta, precisamos impulsionar novos momentos de ação para que possamos atingir outros níveis de humanização do mundo, da sociedade e da cultura.

A humanização do mundo atual exige que repensemos muitos aspectos da vida em sociedade. Dentre eles, destacamos a necessidade de repensarmos a educação que praticamos, as relações humanas na sua cotidianidade prática da economia e da vida privada, as posturas políticas e as relações sociais delas resultantes e a produção do conhecimento técnioco-científico, que está na base da reprodução dos sistemas hegemônicos da sociedade. Em suma, um projeto humanista e libertador da sociedade exige de nós, hoje, que repensemos a cultura que cultivamos e os modelos de racionalidades intrínsecos à mesma.

---

[2] Ver, por exemplo, o último capítulo da *Pedagogia do oprimido*, que tematiza sobre o processo dialético de superação da cultura da opressão por uma nova cultura humanista e libertadora. Somente se partirmos dos oprimidos, segundo Freire, será possível construirmos a libertação de todos.

Paulo Freire, em seus últimos escritos, principalmente na *Pedagogia da esperança* e na *Pedagogia da autonomia*, deu importantes passos nesse sentido, reelaborando seu próprio pensamento à luz dos novos contextos socioculturais inaugurados nos anos 90. Dessa forma, não podemos ler o pedagogo, hoje, sem a visão do capitalismo globalizado e sem levar em conta sua crítica ao neoliberalismo.

O que nos chama a atenção, em suas últimas obras, é a compreensão de que o capitalismo se transformou e já não segue a mesma lógica das décadas de 70 e 80. Modificaram-se as relações sociais que tinham como base o taylorismo-fordismo e o capital financeiro tornou-se dominante com as das novas tecnologias e, principalmente, por meio do domínio do conhecimento técnico. Igualmente, o capitalismo atual transforma os imaginários sociais das classes populares através da indústria cultural e dos meios de comunicação de massa. Assim, estamos diante de uma nova forma de dominação social e política, arquitetada por meio da força da imagem, que regulamenta e controla a vida quotidiana das sociedades atuais, por intermédio do poder da mídia.

Esse poder ideológico da mídia é usado de modo estratégico por grupos que detêm seu controle, em nível mundial, na busca de reciclar sua forma de dominação por meio do projeto da globalização econômica ancorada no livre mercado e no consumismo como poder articulador da ordem social.

> A capacidade de penumbrar a realidade, de nos "miopizar", de nos ensurdecer que tem a ideologia faz, por exemplo, a muitos de nós, aceitar docilmente o discurso cinicamente fatalista neo-liberal que proclama ser o desemprego no mundo uma desgraça de fim de século. Ou que os sonhos morreram e o válido hoje é o "pragmatismo". (FREIRE, 1997, p. 142)

Diante desse contexto, Freire nos deixou muitas "provocações" para repensar o mundo atual à luz do projeto de reconstrução da ação crítica libertadora. O ponto de partida dessa tarefa reside no fato de que a exclusão e a opressão social não desapareceram. Muito pelo contrário, ampliaram seus quadros, impondo a novos contingentes populacionais as consequências de sua lógica perversa.

Portanto, há que se reconstruir o projeto social emancipador e, por essa razão, a ideia de utopia e esperança no futuro histórico da humanidade aparece em Freire como contracultura e contradiscurso frente à ideologia dominante dos anos 90.

> Não há mudança sem sonho, como não há sonho sem esperança. Por isso, venho insistindo [...] que não há utopia verdadeira fora da tensão entre a denúncia de um presente tornando-se cada vez mais intolerável e o anúncio de um futuro a ser criado [...]. A utopia implica essa denúncia e esse anúncio. (FREIRE, 1994, p. 91)

A afirmação histórica do ser humano como ser esperançoso e em busca de liberdade é a base para a construção da visão ética e política indispensável ao projeto de transformação social e à reinvenção do paradigma emancipatório de sociedade.

A desumanização, resultante da dramática exclusão social hoje em curso, exige uma resposta condizente, através de processos socioculturais fecundos, para que o projeto social emancipatório consiga produzir, concretamente, o empoderamento dos oprimidos (MEJÍA, 1996) na luta pela libertação transformadora das sociedades contemporâneas, que se caracterizam pela opressão e alienação da vida humana, controlada pelo mundo dos sistemas por meio do processo de racionalização social ancorada na razão instrumental (HABERMAS, 1998).

Revisão crítica ao marxismo

Freire foi duramente criticado nos anos 60 e 70 por muitos intelectuais brasileiros e latino-americanos pelo fato de não ter adotado o referencial marxista, principalmente o conceito de luta de classes, como base para a análise da realidade sociopolítica. No entanto, essa rebeldia freiriana com relação às doutrinas marxistas clássicas é uma posição original, que genuinamente percebeu a inadequação de uma lógica do educador mecanicista, ou determinista, frente à dialeticidade do mundo humano concreto,

> uma dessas críticas, aparentemente, pelo menos, mais formal, mecanicista, do que dialética, estranhava que eu não fizesse referência às classes sociais, que eu não tivesse afirmado, sobretudo, que a "luta de classes é o motor da história". Estranhava que, em lugar de classes sociais eu trabalhasse com o conceito vago de oprimido. (FREIRE, 1994, p. 89)

O modo de pensar de Freire, coerente com uma postura radicalmente dialética, não poderia concordar com a tese ortodoxa do marxismo, que define a luta de classes como sendo o motor da história e o proletariado como o agente universal da revolução humanizadora da sociedade. Em toda sua obra, desde os primeiros textos e, principalmente, na *Pedagogia do oprimido*, Freire questionou essa teleologia política que concebe um progresso linear da história como reprodução da visão determinista e antidialética do mundo. Por outro lado, ele defende uma nova leitura do marxismo a partir de outra forma de conceber a vida humana frente à história e às relações sociais e políticas.

Uma das grandes diferenças que Freire sempre reforçou diante das teses clássicas do marxismo é a questão do valor e do papel da subjetividade na história. Enquanto o princípio da luta de classes supervaloriza as dimensões objetivas da coletividade, enfim, os aspectos sociais da vida humana em detrimento da vida individual e subjetiva, o autor sempre defendeu o movimento dialético entre objetividade e subjetividade, consciência e mundo, ou realidade social e existência pessoal.

Nesse sentido, na *Pedagogia da esperança*, Freire responde às críticas que recebia dos marxistas e explicita o sentido de sua posição que defendera, já nos anos 60, em sua *Pedagogia do oprimido*:

> [...] os autores ou autoras de tais críticas [...] se incomodavam centralmente com alguns pontos [...]. A afirmação que faço no livro de que o oprimido libertando-se liberta o opressor, o não haver [...] sublinhado que a luta de classes é o motor da história, o tratamento que eu dava ao indivíduo, sem aceitar reduzi-lo a puro reflexo das estruturas sócio-econômicas, o tratamento que dava à consciência, à importância da subjetividade; o papel da conscientização [...]. (FREIRE, 1994, p. 90)

A contribuição mais original do pedagogo em suas críticas à ortodoxia marxista é a de mostrar a ausência da dialeticidade nas concepções de história e existência humana. Esse movimento crítico e radicalmente dialético de Freire é uma posição antropológica original, que deve servir de inspiração para hoje construirmos elementos teóricos fecundos para uma nova fundamentação de projetos sociais emancipatórios. As posições de Freire sobre a subjetividade, as relações consciência-mundo e sobre a transformação da realidade, fornecem uma proveitosa matéria-prima para a revisão das teses marxistas clássicas, já há muito desmentidas pela realidade histórica. Portanto, hoje precisamos ter a clareza que,

> [...] só numa perspectiva dialética podemos entender o papel da consciência na história [...] e recusar como falsa, por exemplo, a compreensão da consciência como reflexo da objetividade material, mas, ao mesmo tempo, a necessidade de rejeitar também o entendimento da consciência que lhe confere um poder determinante sobre a realidade concreta. (FREIRE, 1994, p. 101)

Explicitando sua crítica ao mecanicismo inerente às concepções historicistas, o pedagogo concebe que é impossível, na posição dialética, compreender o amanhã como algo inexorável, que virá necessariamente. Tal percepção significa a negação da historicidade e a afirmação de um fatalismo libertador ao entendermos que o futuro virá como algo pré-datado e porque está dito que virá.

> O futuro com que sonhamos não é inexorável. Temos de fazê-lo, de produzi-lo, ou não virá da forma como mais ou menos queríamos. É bem verdade que temos de fazê-lo não arbitrariamente, mas com os materiais, com o concreto que dispomos e mais com o projeto, com o sonho por que lutamos. (FREIRE, 1994, p. 102)

A revisão das teses marxistas partindo da proposta freiriana inaugura, então, a concepção de uma nova antropologia que supere a cosmovisão mecanicista muito presente nas análises da vida em sociedade na segunda metade do século XX. É nessa direção que pretendemos mostrar como Freire avança por meio de uma visão antropológica inovadora, ao valorizar a subjetividade, o papel da conscientização, a problematização da consciência crítica nas relações de poder e interesses de classe, a interação do sujeito na realidade social e o sentido da educação e da transformação cultural.

A dialogicidade no processo educativo

O conceito de dialogicidade em Freire é o pano de fundo para uma visão antropológica fecunda, que produz um pensamento radicalmente humanista e problematizador. Ao colocar o diálogo como condição primeira da libertação dos oprimidos, o pedagogo fundamenta o projeto de transformação social em novas questões que convergem para a humanização sociocultural do mundo atual.

A dialogicidade é a prática do diálogo radical, que mantém viva a dialeticidade entre ação e reflexão. Essa prática dialógica e dialética da nossa vida concreta é uma exigência primordial do ser humano por ser a própria vocação de nossa espécie radicalmente aberta ao mundo e, por isso mesmo, é histórica, incompleta e sedenta de humanização. É pelo diálogo, que implica uma atitude de vida, que os homens e mulheres constroem um mundo mais humano, refazendo o que já existe e projetando um futuro que está por realizar-se.

> A existência, porque humana, não pode ser muda, nem tampouco pode nutrir-se de falsas palavras, mas de palavras verdadeiras, com que os homens transformam o mundo. Existir humanamente, é pronunciar o mundo, é modificá-lo. O mundo pronunciado, por sua vez, se volta problematizado aos sujeitos pronunciantes, a exigir deles novo pronunciar. (FREIRE, 1993, p. 78)

Nesses termos, a base da proposta antropológica freiriana é o diálogo. É na palavra pronunciada, que revela o mundo, que os homens se constroem ao fazerem e refazerem o próprio mundo (FIORI, *apud* FREIRE, 1993). O diálogo é, então, esse encontro dos homens, mediatizados pelo mundo a, consequentemente, a cada ser humano impõe-se o desafio do aprender a dizer a sua palavra, como exigência fundamental de sua humanização. É por meio dessa pronúncia singular que nós nos tornamos sujeitos históricos capazes de construir intersubjetivamente uma sociedade em comunhão de objetivos e vivências.

> O diálogo fenominiza e historiciza a essencial intersubjetividade humana; ele é relacional e, nele, ninguém tem iniciativa absoluta. Os dialogantes "admiram" um mesmo mundo; afastam-se dele e com ele coincidem; nele põem-se e opõem-se [...]. O diálogo não é produto histórico, é a própria história. (FIORI *apud* FREIRE, 1993, p. 16)

A partir do conceito de dialogicidade, o pensamento freiriano conquista uma originalidade e uma fecundidade, em termos de visão antropológica coerente, para analisar a história e a sociedade contemporânea. As concepções freirianas de ser humano e sociedade, bem como sua visão de história como processo de humanização do mundo, inspiram uma proposta pedagógica inovadora, porque é esperançosa e se expressa na forma de uma construção de suas propostas antropológica, política, epistemológica e ética.

A radicalidade dialógica do educador encontra-se explicitada numa visão antropológica aberta, através da qual Freire propõe a construção de um novo sentido para a vida humana em sociedade. Ou seja, a afirmação humana no mundo tem um sentido, uma vocação e uma razão de ser que vai muito além das relações opressoras e alienantes hoje existentes em níveis intoleráveis pelo bom senso humano. A vocação do homem é humanizar-se, ser mais, construir-se cada vez mais livre e evoluído socioculturalmente. A natureza humana não é um *a priori*, mas constrói-se a partir da afirmação e do modo de vida dos povos, culturas e pessoas em sua existência concreta.

> É importante insistir em que, ao falar do "ser mais" ou da humanização como vocação ontológica do ser humano, não estou caindo em nenhuma posição fundamentalista [...]. Daí que insista também em que esta "vocação", em lugar de ser algo *a priori* da história é, pelo contrário, algo que se vem constituindo na história. (FREIRE, 1994, p. 99)

O fundamento da dialogicidade educativa brota da própria natureza do homem em sua autoconstrução na história, que mostra uma essencial abertura diante do mundo e dos outros, porque é um ser inconcluso, inacabado, incompleto e existencialmente insatisfeito com o que já é. Essa abertura ao novo, às possibilidades que estão por realizar-se, é o que impulsiona a nós, seres humanos, para o *ser mais*. É uma característica própria da nossa espécie, a que Freire chama de *"vocação ontológica para a humanização"*, ressalvando que tal vocação não deve ser entendida como algo inato ou um *a priori*. Portanto, a natureza humana processa-se na história por meio da luta pela liberdade e afirmação livre das pessoas. E essa luta tem como impulso o diálogo que, da mesma forma, não é um *a priori*, mas uma condição existencial da própria humanização, que se processa historicamente em um mundo concreto e exige a superação das *"situações-limites"* que nos condicionam e oprimem.

Então, ao concebermos uma proposta de educação dialógica freiriana, estamos compreendendo seu conceito de dialogicidade, ser humano, visão de história, sociedade, política e educação, como proposta de humanização do mundo e recriação da cultura em suas diferentes formas de realizar o potencial (*ser mais*) intrínseco à vida do homem.

O conceito de educação em Freire implica entender o ser humano não apenas como razão, estrutura lógica e consciência. Sua concepção antropológica converge para uma visão dinâmica da existência humana, ao valorizar, de forma equilibrada, todas as dimensões de nossa vida: corpo, mente, coração, sentimento, emoções, sentido, intelecto, razão, consciência, entre outras. Ou, nas palavras do pedagogo (1995),

> A consciência do mundo, que implica a consciência de mim no mundo, com ele e com os outros, que implica também a nossa capacidade de perceber o mundo, de compreendê-lo, não se reduz a uma experiência racionalista. É como uma totalidade – razão, sentimentos, emoções, desejos – que meu corpo consciente do mundo e de mim capta o mundo a que se intenciona. (p. 75-76)

Nesse sentido, Freire define o conceito de corpo consciente como base para superar a histórica dicotomia corpo-espírito e sentidos-razão, que predominou na filosofia ocidental e continua hoje na raiz dos processos culturais opressores e alienantes da existência humana. A denúncia à visão antropológica tradicional parte do fato de que esta,

> Sugere uma dicotomia inexistente homens-mundo. Homens simplesmente no mundo e não com o mundo e como os outros. Homens espectadores e não recriadores do mundo. Concebe a sua consciência como algo espacializado neles e não aos homens como "corpos conscientes". (FREIRE, 1993, p. 63)

Ao contrário do que essa visão objetivista defende, Freire entende que o ser humano constituir-se dialeticamente e, por isso mesmo, dialogicamente, com o mundo. A vida humana é uma abertura ativa ao mundo porque a essência da consciência do homem são atividade, intencionalidade e a relação com os outros e com as diferentes realidades existentes. Portanto, somente na comunicação tem sentido a vida humana, porque é por meio da relação dialógica de quem se comunica que é possível o verdadeiro conviver, ser com os outros e humanizar-se em comunhão. Ou seja, o diálogo que alimenta a comunicação é a alavanca do verdadeiro processo educativo do ser humano.

> Ao contrário da "bancária", a educação problematizadora, respondendo à essência do ser da consciência, que é sua intencionalidade, nega os comunicados e existencia a comunicação. Identifica-se com o próprio da consciência que é sempre ser consciência de, não apenas quando se intenciona a objetos, mas também quando se volta sobre si mesma. (FREIRE, 1993, p. 67)

Partindo, então, dessa visão antropológica inovadora e fecunda do autor, podemos repensar as tramas e as potencialidades do existir humano no mundo sociocultural da atualidade.

Portanto, ao definir a dialogicidade, a ação dialógica ou a ação cultural para a liberdade como um caminho de reconstrução da vida em sociedade, Freire está defendendo um projeto maior, que se articula por meio de uma visão de sociedade igualitária, uma concepção de vida humana dialógica e dialética e uma proposta de educação radicalmente libertadora que, no conjunto, se harmonizam por meio da racionalidade dialógica. É uma racionalidade que busca construir a existência humana de modo crítico e criativo frente à realidade sociocultural que nos condiciona, desumaniza e coisifica.

O educador é esperançoso diante do desafio de construirmos uma sociedade mais igualitária, justa e solidária. Entretanto, para que esse sonho, ou utopia, se torne realidade concreta na história da humanidade, é necessária a afirmação de uma nova cultura, como busca de sentido para o nosso viver e existir no mundo. Essa cultura brota do impulso de liberdade dos oprimidos e segue uma lógica anárquica frente aos sistemas vigentes, porque se orienta por uma racionalidade distinta. A racionalidade preconizada aqui define-se pelo seu potencial dialógico, amoroso e humanista, como base para elaborar uma *cultura biófila*, crítica e essencialmente libertadora.

A educação dialógica não é apenas sonho, utopia ou idealização, mas já está sendo construída por meio dos diferentes processos de produção de novas experiências de vida em sociedade[3]. A história de organização dos setores marginalizados e excluídos da sociedade em países latino-americanos, por exemplo, comprova que a vida humana revela sempre novas potencialidades diante dos condicionantes sócio-históricos que a atrofiam.

Eis, então, o grande desafio para a educação nesse processo de reelaboração cultural e reconstrução da existência do homem em sociedade. A educação, para Freire, deve ser trabalhada intencionalmente para humanizar o mundo por meio de uma formação cultural e da práxis transformadora de todos os cidadãos, autênticos sujeitos de sua história, construída pela participação coletiva e democrática.

---

[3] A pedagogia proposta por Freire hoje passa a ser uma obra coletiva, que não tem apenas uma autoria pessoal, mas que se tornou conhecimento que impulsiona movimentos, ações e projetos de caráter público em prol dos processos de humanização das sociedades contemporâneas. Um exemplo dessa rede de projetos inspirados na obra feireana é o Instituto Paulo Freire, que atua em diferentes países, fomentando projetos de educação comprometidos com a emancipação humana e social. Outra iniciativa não menos importante é o Fórum de Leituras Paulo Freire que neste ano já está na 8ª edição, reunindo pesquisadores, estudantes e professores do sul do Brasil que trabalham na perspectiva da pedagogia freireana.

CAPÍTULO II

Temas freirianos

Dentre as temáticas trabalhadas a partir da obra de Freire – que já conta com mais de 1.500 (mil e quinhentos) títulos de teses, dissertações e trabalhos sobre seu pensamento – destacamos a preocupação com relação à alienação cultural nas sociedades contemporâneas. As propostas de reconstrução cultural que superem os fatalismos no modo de olhar a história humana e o movimento das sociedades, bem como as críticas à ideologia conservadora e autoritária professada pelos neoliberais, e, igualmente, as propostas de reinvenção do poder político por meio da organização cidadã da sociedade e a postura ética voltada para uma educação da esperança serão os temas centrais que discutiremos nessa leitura sobre a pedagogia freiriana.

Cultura e Libertação

O tema da alienação cultural é tratado em Freire, inicialmente, por meio da problematização da teoria da ação antidialógica em sua obra *Pedagogia do oprimido*. O esforço do pedagogo é explicitar que, por trás das práticas de dominação e opressão social, há uma teoria que fundamenta e reproduz logicamente tais práticas, por meio dos interesses político-ideológicos dos opressores. Ou seja, "o opressor, para oprimir, precisa de uma teoria da ação opressora" (FREIRE, 1993, p. 183) através da qual organiza os processos concretos de controle dos diferentes setores sociais oprimidos.

Nesse sentido, Freire analisa as práticas de dominação classes hegemônicas, que no mundo todo impõem seus planos de controle sobre as demais classes sociais, e chega à conclusão de que há uma lógica coerente intrínseca à reprodução e à continuidade dessas práticas. E, como sustentação dessa lógica, o antidiálogo é uma das armas mais poderosas utilizadas na opressão, na estratégia de manter a maioria da sociedade alienada e distante das decisões sobre o modelo e sobre forma de organizar a vida social.

> É precisamente, quando – às grandes maiorias – se proíbe o direito de participar como sujeitos da história, que elas se encontram dominadas e alienadas [...] Por isto é que a única forma de pensar certo, do ponto de vista da dominação, é não deixar que as massas pensem. (FREIRE, 1993, p. 127)

As estratégias de dominação incidem sobre a capacidade do homem de problematizar e de pensar a realidade. Negando às maiorias o direito de dizer a sua palavra, de pensar certo, dialogar e debater sobre o mundo em que vivem, as classes dominantes sabem que estão atrofiando um grande potencial de resistência e libertação dos oprimidos. E, por ter plena clareza disso é que quem detém o poder de estabelecer canais de diálogo, debate e comunicação ativa com amplos setores da população busca reprimir tal processo, pois, do contrário, estariam colaborando para que os oprimidos afirmassem sua capacidade de pensar criticamente sobre seu cotidiano com toda sua carga de *situações-limites* e o desafio de superação das mesmas.

Por meio dos mecanismos de controle da comunicação social, hoje planejados sutilmente pelos sistemas midiáticos, ocorre uma forte desmobilização dos interesses sóciopolíticos da maioria da população. Dessa forma, quanto mais isoladas umas das outras, sem diálogo e sem canais de debate e reflexão sobre suas relações com o mundo e com os outros, mais alienados cultural, política e socialmente se encontrarão as pessoas. Por outro lado, os controladores, garantindo a passividade e a divisão entre os diferentes grupos controlados, continuarão perpetuando-se no poder e até ampliando sua força nesse processo de domínio da maioria.

> Quem pode pensar sem as massas [...] são as elites dominadoras para que, assim pensando, melhor as conheçam e, melhor conhecendo-as, melhor as dominem. Daí que, o que poderia parecer um

diálogo destas com as massas [...] sejam meros comunicados, meros depósitos de conteúdos domesticadores. (FREIRE, 1993, p. 128)

Nos dias de hoje, as estratégias elaboradas para alienar as classes populares não contam apenas com os mecanismos da esfera política e econômica. Com o poder tecnológico dos meios de comunicação de massa cada vez mais aperfeiçoados e potentes, reproduz-se um círculo vicioso de alienação que perpassa todos os âmbitos da cultura humana, afetando, tanto o cotidiano quanto as relações profissionais, econômicas, sociais e políticas das pessoas.

O grande poder que a mídia exerce atualmente na formação da consciência dos seres humanos produz o fenômeno da semiotização da vida social (MEJÍA, 1996), por meio do qual a atenção das classes populares volta-se para o mundo das imagens que são vinculadas nos programas de TV, por exemplo. A cultura, hoje, não se caracteriza, prioritariamente, pelo cultivo dos valores que emergem da realidade construída intersubjetivamente. Ao contrário, ocorre nos dias atuais, uma forte influência da indústria cultural, que exerce uma força mítica na consciência das pessoas e no imaginário das massas populares (ADORNO, 1996).

Portanto, o fenômeno da alienação cultural, analisado por Freire, desde a *Pedagogia do oprimido* até suas últimas obras, nos remete para a necessidade de repensar o projeto da sociedade por meio das realidades sociais concretas de opressão e desumanização. As elites dominantes sempre buscaram reciclar-se em seus métodos e estratégias de controlar os oprimidos, mantendo-os acomodados com a vida que levam. Usam a força da mídia e o poder de convencimento do discurso veiculado nos meios eletrônicos para apaziguar os efeitos das contradições do sistema de dominação mundialmente potencializado pela globalização neoliberal.

Um projeto emancipatório deve reconstruir o potencial de agrupamento e articulação das classes populares em movimentos que ultrapassem o âmbito local, pois somente assim haverá a possibilidade de se pôr em prática um projeto diferenciado de sociedade, que seja alternativa de humanização da vida concreta das pessoas em suas relações com o mundo e com os outros. Eis o desafio de uma revolução cultural, que requer a reinvenção dos sistemas e das formas de vida em curso no atual modelo de globalização centrado na economia.

O maior poder das classes populares não pode ser materializado em bens econômicos, tecnologia militar, ou estratégias de manipulação dos espaços sociopolíticos. Sua força reside na união dos diferentes setores populares da sociedade para lutar por uma utopia política concebida a partir do sonho e da esperança de que é possível construir um mundo mais belo e feliz, onde todos possam viver dignamente, em condições de satisfazer suas necessidades básicas e sem precisar coisificar-se para sobreviver.

A *Pedagogia do oprimido* só é possível se for integral e se partir dos próprios oprimidos que, ao assumirem-se como construtores de uma nova sociedade, engajando-se na luta de humanização do mundo, a si e aos opressores que ficam impossibilitados de exercerem sua função. Só assim a libertação será verdadeira (FREIRE, 1994).

O ponto de partida, para Freire, deve ser radical, para não cairmos novamente nas históricas "traições" do processo de libertação que acabam em posturas reformistas e não alteram a lógica da dominação (FREIRE, 1995). Nesse sentido, não são os intelectuais, as academias, ou os líderes políticos que deverão elaborar para os oprimidos a pedagogia de sua luta política, mas as próprias classes populares. Elas devem encontrar em si mesmas as forças necessárias para reconstruir a história humana por meio de práticas que ressignifiquem a produção da cultura, as relações interpessoais e a vida política de cada sociedade.

É por tais razões que a luta política de libertação exige que os oprimidos estejam no centro do processo, lutando por seus próprios objetivos políticos e não apenas servindo de espetáculo para a promoção de líderes interesseiros.

> Nenhuma pedagogia realmente libertadora pode ficar distante dos oprimidos, quer dizer, pode fazer deles seres desditados, objetos de um "tratamento humanitarista', para tentar, através de exemplos retirados de entre os opressores, obter modelos para a sua promoção. Os oprimidos hão de ser o exemplo para si mesmos, na luta por sua redenção. (FREIRE, 1993, p. 41)

Não há modelos a seguir nessa prática revolucionária, mas se faz necessária a elaboração de uma *Pedagogia dos oprimidos* na luta por sua libertação. A violência que os oprimidos sofrem, mas que não foi inaugurada por eles, não será superada se continuar ocorrendo a reprodução da cultura de tirania que dá origem às práticas políticas violadoras da liberdade humana. O círculo-vicioso da violência, inaugurado pelos opressores, somente poderá ser superado pelos oprimidos que, resistindo à violência que sofrem, deverão impedir que a opressão se repita em novos processos sociais. Somente assim a libertação poderá efetivar-se na história e a vida das pessoas em sociedade poderá, então, ser fundada em relações que cultivem a solidariedade, a esperança, o amor à vida, o diálogo e a utopia de um mundo mais belo.

Entretanto, torna-se necessário o questionamento sobre as reais condições que Freire visualiza para que os oprimidos desencadeiem esse processo de reconstrução de sua humanidade na história (que é uma forma de inventar o homem novo). Ou seja, a partir de que processo cultural efetivo os seres humanos, que foram historicamente dominados, possam tornarem-se capazes de lutar por sua libertação sem tiranizar, ou sem reproduzir a dominação (via ressentimento) contra seus próprios opressores? Ou ainda, como diz o próprio Freire (1993, p. 32) "como poderão os oprimidos, que 'hospedam' o opressor em si, participar da elaboração, como seres duplos, inautênticos, da pedagogia da sua libertação"?

Nessa direção, os questionamentos se multiplicariam e poderíamos lançar outras interrogações relacionadas às questões acima levantadas.

A visão de Freire é bem clara nesse sentido: é a partir da resposta a essas questões, cruciais para a reflexão política comprometida com os desafios da libertação, que o pedagogo elabora sua teoria sobre ação cultural e revolução cultural. A verdadeira revolução libertadora concebida por Freire não é a "conquista do poder político", nem a revolução armada concebida à luz da teoria marxista, mas a revolução cultural. Por essa razão, a *Pedagogia do oprimido* é um processo que engloba dois momentos distintos dessa autêntica revolução.

A Pedagogia do oprimido, como Pedagogia humanista e libertadora, terá dois momentos distintos. O primeiro, em que os oprimidos vão desvelando o mundo da opressão e vão comprometendo-se, na práxis, com sua transformação; o segundo, em que, transformada a realidade opressora, esta pedagogia deixa de ser do oprimido e passa a ser a pedagogia dos homens em processo de permanente libertação. (FREIRE, 1993, p. 33)

O primeiro momento consiste em um "parto doloroso" para os oprimidos que, vivendo em uma situação concreta de opressão e sendo formados culturalmente por essa situação, são desafiados a desinstalarem-se dessa situação para germinar o homem novo – nem opressor, nem oprimido, mas ser humano em constante busca de liberdade.

Ao primeiro momento, segundo Freire, está relacionado o processo de conscientização como exigência fundante da luta política dos oprimidos. Esse processo fundamental é a própria ação cultural libertadora, já que a conscientização consiste no movimento da permanente dialética ação-reflexão; entre tomada de consciência e compromisso político. À luz das exigências do processo de conscientização, que impulsionam uma prática política transformadora da realidade, o autor analisa a natureza e as estruturas da consciência dos oprimidos como seres da dualidade, divididos e contraditórios porque se formam por meio da realidade da opressão.

Essa dualidade dos oprimidos tem origem na própria situação de opressão em que eles, existencialmente, se encontram. Ela se forma na constituição do mundo da consciência do oprimido, que está, no seu modo de vida, proibido de ser mais. Na condição de seres desumanizados e alienados e que vivem historicamente seu próprio atrofiamento

> os oprimidos, que introjetam a "sombra" dos opressores e seguem suas pautas, temem a liberdade, na medida em que esta, implicando a expulsão desta sombra, exigiria deles que "preenchessem o vazio" deixado pela expulsão com outro "conteúdo" – o de sua autonomia. (FREIRE, 1993, p. 34)

O medo da liberdade faz dos oprimidos seres divididos, que debatem consigo mesmos sobre o dilema existencial de continuar hospedando o opressor dentro de si, ou expulsar essa sombra que os constitui seres contraditórios e inautênticos. Estando "ainda imersos na realidade opressora, porque acomodados e adaptados à própria engrenagem das estruturas dominadoras, os oprimidos temem a liberdade enquanto não se sentem capazes de correr o risco de assumi-la" (FREIRE, 1993, p. 34).

Essa condição de imersão da consciência na realidade opressora faz com que os oprimidos alimentem uma aderência ao opressor, identificando-se com este e querendo imitá-lo como modelo de vida. A estrutura de pensamento da consciência imersa passa pelo individualismo, fanatismo e visão mágica da realidade (FREIRE, 1987). Nesse nível de consciência mágica (ingênua) os oprimidos, quando almejam alguma forma de mudança na sociedade, a querem de forma egoísta, para satisfazer seus próprios interesses, e não os dos outros colegas de classe social. As mudanças são percebidas e desejadas apenas como promoção individual para alguns, comparando-se aos interesses do seu patrão, ou da classe que os oprime.

A tomada de consciência é o ponto de partida para uma maior percepção, mas por si mesma não é capaz de desencadear o processo da práxis transformadora. O oprimido, ao entrar em crise em suas próprias maneiras de ver o mundo e se situar diante dele, deve aprofundar-se na compreensão de sua realidade e tornar-se capaz de se perceber como ser da dualidade, dividido e contraditório em si mesmo. Então, quando o processo de crise e aprofundamento crítico da consciência oprimida é orientado para a dialetização da ação-reflexão, que exige a práxis transformadora da realidade, a conscientização está em curso e a prática política torna-se um testemunho vivo de seu nível de percepção concretamente efetivado.

A partir da tomada de consciência de sua situação concreta de opressão, o ser humano é capaz de se reconhecer como tal e se desafiar para a superação concreta dessa condição em que se encontra. Mas essa capacidade de se perceber oprimido é apenas o primeiro impulso que, de forma puramente teórica (pura reflexão), ou espontaneamente considerado, tende a desarticular-se em acomodação passiva à realidade. A conscientização é o verdadeiro impulso para a práxis libertadora, que implica uma prática política coerente na busca da superação da contradição opressor-oprimido. Como tal, a conscientização deve ser permanente e exige a intersubjetivação dos pensamentos e percepções pelo diálogo crítico, além da luta coletiva de inserção no mundo.

Entretanto, para que esse processo se torne realidade na histórica luta de transformação do mundo, não se pode esperar que "a hora chegue" e a maioria dos oprimidos esteja conscientizada. Espontaneamente não haverá conscientização, pois esta só pode florescer por meio do planejamento da luta, da organização e da intervenção crítica no processo prático de construção da história. Por tais razões é que a pedagogia da práxis libertadora deve ser concebida como um processo histórico-cultural orientado para a realização da utopia de sociedade livre e humanizada.

Ou seja, um processo político libertador implica a formação da consciência dos oprimidos e em uma coerente elaboração pedagógica que faça brotar das velhas estruturas socioculturais um novo homem em constante processo de humanização do mundo. Dessa forma, o processo de elaboração dessa autêntica pedagogia da luta de libertação jamais poderá ser bancário ou antidialógico, mas radicalmente solidário, democrático, problematizador e dialógico – que respeite os diferentes saberes que cada ser humano construiu em sua experiência de vida.

> A ação política junto aos oprimidos tem de ser, no fundo, "ação cultural" para a liberdade, por isso mesmo, ação com eles [...]. A ação libertadora [...], reconhecendo a dependência dos oprimidos como ponto vulnerável, deve tentar, através da ação e da reflexão, transformá-la em independência. Esta, porém, não é doação [...]. Não podemos esquecer que a libertação dos oprimidos é a libertação de homens e não de "coisas". Por isto, se não é autolibertação – ninguém se liberta sozinho – também não é libertação de uns feita por outros. (FREIRE, 1993, p. 53)

Eis a radical exigência desse primeiro momento de elaboração da *Pedagogia do oprimido* como obra coletiva, que envolve as relações dialógicas líder-povo, educadores-educandos e entre pedagogos e massas esperançosas em um futuro mais humanizado para todos. A dialogicidade vem a ser o fundamento desencadeador do processo político-cultural desde a sua origem. Sem a prática dialógica e a esperança que lhe é fundante, não há como recuperar a humanidade dos oprimidos. Estes, no processo dialógico-problematizador, certamente vão aprender a lutar como seres humanos respeitados, sujeitos de sua luta e com coragem diante das situações opressoras que buscam superar. Se continuarem como "coisas" – objetos de manobras dos líderes – não haverá superação verdadeira da opressão. Essa é a grande importância do diálogo na relação pedagógica da luta política progressista. Ao contrário, então, das práticas de dominação, que são bancárias, a *pedagogia dos oprimidos* exige, fundamentalmente, que eles se desfaçam da condição concreta de opressão.

O segundo momento da *pedagogia dos oprimidos* consiste na constante reelaboração da práxis libertadora. Segundo Freire, esse momento está diretamente relacionado com a necessária reconstrução da sociedade à luz do processo de revolução cultural. Esse é um momento de fundamental importância, também, para o processo político-libertador que exige, além da "conquista da sociedade", a reinvenção do poder segundo a utopia de superação da contradição opressor-oprimidos.

Essa é a razão de ser de uma pedagogia da luta política por meio da qual se busca recriar as estruturas de poder e elaborar novos sentidos à vida em sociedade. À teoria da ação antidialógica é preciso opor, como alternativa de superação, uma teoria da ação dialógica. A revolução precisa ser gestada no bojo de um processo político de libertação superador das práticas de dominação e opressão e recriador das estruturas da vida humana em sociedade, tais como as relações econômicas, políticas, educacionais, sociais, religiosas, culturais, dentre outras.

Esse é o caminho visualizado por Freire para a construção de uma nova racionalidade humana por meio da revolução cultural libertadora. A nova racionalidade, essencialmente dialógica e humanizadora da vida em sociedade, deve ser gestada no processo histórico de libertação política, cultural e social liderado pelos oprimidos que, como construtores de um novo caminho, devem permanecer sempre abertos e críticos diante do futuro. O autor analisa, no quarto capítulo de sua obra *Pedagogia do oprimido*, as características fundantes dessa revolução cultural necessária à verdadeira libertação: a colaboração, a união, a organização e a síntese cultural.

A superação das estruturas culturais antidialógicas (que reproduzem a dominação da elite sobre o povo) deve ser o caminho estratégico dos oprimidos na construção de uma nova sociedade. Tais estruturas não se demovem apenas com a "conquista do poder", mas sua superação requer a reinvenção da política a partir de uma visão de mundo coerente (dialógica e crítica) como base para a recriação sociocultural. Esse processo transformador da cultura:

> Exige da revolução no poder que, prolongando o que antes foi ação cultural dialógica, instaure a "revolução cultural". Desta maneira, o poder revolucionário, conscientizado e conscientizador, não é apenas um poder, mas um novo poder [...]. Nesse sentido é que a "revolução cultural" é a continuação necessária da ação cultural dialógica que deve ser realizado no processo anterior à chegada ao poder. (FREIRE, 1993, p. 156)

Há uma necessidade intrínseca ao processo político-libertador que, para ser autêntico e verdadeiro, deve romper com as estruturas míticas que estão na raiz das práticas da cultura opressora. As características que reproduzem tais estruturas da dominação cultural são: a invasão cultural que domestica as consciências dos oprimidos ao impor a estes uma visão de mundo alheia à sua realidade; a conquista por meio dos símbolos, *slogans* e representações diversas, que são constitutivas da cultura opressora e passam a formar a consciência dos oprimidos; a divisão dos oprimidos para enfraquecê-los na luta anti-hegemônica; e a manipulação do pensamento do povo para legitimar as práticas exercidas pela elite no poder político e nas formas de controle da sociedade.

A partir da realidade concreta de cada grupo social ou comunidade, surge o desafio, para as ações práticas da Educação Popular, de diagnosticar os níveis de enraizamento dessas estruturas míticas na consciência de homens e mulheres para, então, buscar trabalhar essas *"situações-limites"* gerando uma *nova cultura* como base da emancipação social, política e humana.

Essa ruptura somente é possível por meio do permanente processo dialético ação-reflexão dos oprimidos que, por meio do compromisso político com a transformação da realidade, tornam-se capazes de superar a cultura da dominação. Nesse sentido, a *Pedagogia do oprimido* gera um novo contexto sociocultural a partir da ação cultural que se aprofunda em revolução cultural e, em vez de reproduzir os mitos intrínsecos às práticas dominadoras, cultiva uma prática consciente, originária de uma nova lógica da vida em sociedade, capaz de superar a cultura opressora.

No lugar da divisão dos oprimidos, desencadeada por posturas individualistas e egocêntricas, faz-se necessária a *co-laboração* entre os seres humanos via solidariedade e respeito em suas relações como seres livres (sujeitos) e não mera coisa (objetos). A colaboração implica o diálogo permanente sobre a transformação do mundo e a estruturação de uma nova sociedade mais humana e livre. Por essa razão, o mundo deve ser entendido como uma produção coletiva e solidária de todos os sujeitos que intersubjetivamente vivenciam suas práticas, conferindo novos sentidos à história da humanidade. Se o mundo é produção coletiva, também deve ser visto como partilha solidária dos frutos produzidos. Eis o sentido radical da justiça e da solidariedade ético-política no processo de libertação sociocultural. As lideranças políticas, solidárias e realmente comprometidas com o processo de humanização/libertação do mundo, jamais devem decidir sem a participação ativa dos oprimidos como sujeitos sociais, pois a verdadeira colaboração não pode dissociar a reflexão da ação prática, que devem ser comungadas por todos. Nesse sentido, Freire se refere ao grande líder revolucionário latino-americano, Che Guevara:

> A comunhão provoca a co-laboração que leva liderança e massas àquela "fusão" a que se refere o grande líder recentemente desaparecido. Fusão que só existe se a ação revolucionária é realmente humana, por isto, sim-pática, amorosa, comunicante, humilde, para ser libertadora. (FREIRE, 1993, p. 170)

Outra característica fundamental para que a revolução cultural tenha procedência na história é a *união* dos oprimidos em torno da utopia de humanização do mundo. Essa é uma estratégia fundamental assinalada pelo educador para que ocorra algum processo substancialmente libertador da sociedade e do mundo político-cultural. A força dos oprimidos está em sua união em torno de objetivos comuns que possam solidariamente ser atingidos pela luta corajosa de todos. Nessa direção da luta é que o processo cultural libertador torna-se um impulso mais forte do que a força das estruturas míticas (caracterizadas na aderência aos opressores, na cultura do silêncio e no egoísmo individualista e dasarticulador) que mantinham a lógica da dominação cultural. A solidariedade é a práxis fundante dessa superação cultural que brota da união dos oprimidos. "Significando a união dos oprimidos, a relação solidária entre eles, não importam os níveis reais em que se encontrem como oprimidos, implica também a consciência de classe" (FREIRE, 1993, p. 173). A clareza política sobre a sua classe é imprescindível para a luta contra os interesses contrários. Se não for pela clareza de classe, ocorrem facilmente as desarticulações e as divisões internas da luta, provocadas, sobretudo, pelas estratégias da classe antagônica que visa cooptar as lideranças e dividi-las para enfraquecer a luta.

Por meio da união é possível organizar formas de lutas para a transformação concreta no mundo. Os movimentos sociais, articulados por uma prática cultural dialógica e problematizadora, tornam-se verdadeiros exemplos da concreta *organização* dos oprimidos diante dos desafios que surgem no processo desencadeado pela ação cultural libertadora. Para que esse sentido não se perca e a utopia da nova sociedade continue sempre viva e em constante renovação, é imprescindível a coerência e o testemunho prático das relações lideranças – povo, educadores-educandos, políticos – cidadãos conjuntamente inseridas no processo dialógico de hominização e humanização do mundo.

O verdadeiro processo de organização da sociedade é radicalmente dialógico e nunca sectário, pois jamais poderá fechar-se e/ou cristalizar-se frente aos novos desafios da revolução cultural desencadeada em um certo momento da histórica luta de libertação. Porém, é preciso testemunhar, na vivência prática, esse desafio dialógico-libertador.

> O testemunho, na teoria dialógica, da ação é uma das conotações principais do caráter cultural e pedagógico da revolução. Entre os

elementos constitutivos do testemunho [...] estão a coerência entre a palavra e o ato de quem testemunha, a ousadia do que testemunha, que o leva a enfrentar a existência como um risco permanente, a radicalização, nunca a sectarização, na opção feita [...]. A valentia de amar que significa [...] a transformação deste mundo para a crescente libertação dos homens. A crença nos massas populares [...]. (FREIRE, 1993, p. 175)

Por meio da união e da organização das classes populares será possível atingir uma nova cultura que brota do impulso libertador vindo dos oprimidos como partejamento do homem novo na história. Essa nova cultura é uma *síntese cultural* possível na história por meio das experiências de libertação dos povos e da dialética dos saberes que vão sendo elaboradas no processo libertador, desde as trocas dos diferentes saberes válidos e da intersubjetivação que produz novos sentidos socioculturais. A síntese cultural inverte a lógica da invasão cultural praticada pelas elites representantes da dominação. A verdadeira síntese dos saberes exige o respeito aos saberes populares, que brotam da experiência de vida e da luta libertadora, e requer que as relações da liderança com o povo (do educador com os educandos) seja o testemunho do diálogo problematizador do mundo que desafia as consciências ao permanente processo de conscientização e reelaboração dos sentidos já constituídos, bem como das práticas realizadas no mundo.

Subjetividade e História

Freire (1994) faz um grande esforço em reler a si mesmo à luz das transformações que ocorreram nos últimos anos, principalmente na década de 90, e defende a revisão de diferentes aspectos de suas propostas. Nesse sentido, ele se autodefine como pós-moderno progressista ao defender que hoje é impossível nos fecharmos em um único instrumental de análise dos fatos, pois ocorrem mudanças e transformações da realidade em um ritmo cada vez mais intenso. Ou seja, o mundo contemporâneo, em sua crescente complexidade, impõe a nós a necessidade de uma permanente autocrítica e do reexame de nossas concepções para não fixarmos nossa visão de mundo em um só ponto ficando presos a um tempo que se exauriu.

Por outro lado, a posição do pedagogo é explicitamente crítica à pós-modernidade devido à relativização dos fundamentos racionais e à fragmentação intrínseca da mesma. Na esteira da pós-modernidade não é mais possível fundamentar a existência humana em bases que busquem construir um sentido humanizador e emancipatório em termos de projeto social, cultural e político para o futuro humano no planeta. Diante desse quadro teórico, as teses freirianas constituem uma alternativa ao relativismo, que produz a descertificação da subjetividade humana, às teorias da análise do discurso e às posições que anulam a possibilidade de se alcançar qualquer fundamento objetivo, ou racional, para a existência do homem em sociedade.

No entanto, essa reação ao relativismo não implica cair no outro extremo. Freire reforça a necessidade de não dogmatizarmos nossas teorias, visões de mundo, explicações da realidade e, muito menos, a orientação do fazer prático. Ao contrário, sua posição é claramente afinada com a dialeticidade do universo humano, como totalidade que está em contínua transformação. Nesse constante esforço de manter a estreita relação entre o pensar e o agir, o educador reinventa a tradição dialética por não reproduzir puramente a versão idealista da vertente hegeliana e, igualmente, não cair no outro extremo: o da dialética materialista.

A dialética freiriana prioriza a síntese entre objetividade e subjetividade, inaugurando, assim, um movimento inovador, juntamente com a afirmação da intersubjetividade sociocultural como base para a construção e a reconstrução da vida humana, da história e do mundo em que vivemos. Há na proposta de Freire uma radical indicotomização entre subjetividade e objetividade, entre consciência e mundo.

Ao mesmo tempo em que Freire reage ao objetivismo e ao subjetivismo mecanicista, sua proposta reafirma o papel da subjetividade na história. Nessa direção está sua discordância com uma pós-modernidade conservadora, que acredita ter "desconstruído" a subjetividade. Ao discorrer sobre a temática da subjetividade e sobre a sua importância na fundamentação teórico-filosófica da Educação, o pedagogo expressa sua convicção sobre a atualidade desse assunto:

Não tenho dúvidas, inclusive, de que este que sempre esteve presente à reflexão filosófica, não apenas continua a ser um assunto atual, mas também crucial, no término do século. Continua a ser objeto de reflexão filosófica, alongando-se, necessariamente [...] ao campo da epistemologia, da política, da ideologia, da linguagem, da pedagogia, da física moderna. (FREIRE, 1994, p. 101)

Em um movimento profundamente dialético não é possível superestimar a objetividade, reduzindo o papel do sujeito, nem conceber a subjetividade como uma instância poderosa, capaz de determinar por si mesma a realidade. Porém, maior equívoco do que defender uma posição extremada é negar totalmente a importância e o papel da subjetividade. Nesse sentido, Freire reafirma que, "na verdade, só numa perspectiva dialética podemos entender o papel da consciência na história desvencilhada de qualquer distorção que ora exacerba sua importância, ora a anula ou nega"(FREIRE, 1994, p. 101).

Por um lado, ocorre uma distorção filosófica das teorias que desembocaram no subjetivismo, pois estas conferem um papel determinante para a subjetividade. Desde o racionalismo de Descartes, até a fenomenologia de Husserl, se sucederam diferentes esforços e tentativas de fundamentar todo e qualquer sentido, razão de ser e explicação plausível na subjetividade como polo doador de sentido e como referência última de sentido. É a tradição da filosofia da consciência, hoje em crise e sem validade para uma proposta de educação.

Por outro lado, a concepção objetivista reproduz uma visão mecanicista, por acreditar que a realidade, no conjunto dos fatos que a constituem, é regida por leis intrínsecas. Dessa forma, a subjetividade é determinada pela objetividade e a visão de história, de futuro, já está dada por meio das próprias leis objetivas. Esse determinismo mecanicista cai no equívoco de desconsiderar a importância da subjetividade na história – o papel das utopias, sonhos e esperanças que movem cada ser humano em sua busca de se realizar e produzir um sentido para sua vida.

Entretanto, certas posições pós-modernas convergem para equívocos ainda mais profundos ao desconstruirem completamente a subjetividade humana (HABERMAS, 1998). Se objetivismo e subjetivismo caíram em posições extremadas, negando a dialeticidade consciência-mundo, uma posição que, no intento de prevenir-se da dogmatização e dos fundamentalismos, nega um dos polos da dialética, compromete, dessa forma, qualquer possibilidade de construir afirmativamente um processo humano de superação do atual estágio histórico-social em que nos encontramos.

Eis, então, a diferença da proposta freiriana frente à uma pósmodernidade niilista. Freire reafirma a subjetividade, mas não aos moldes da tradição moderna; suas teses convergem para a dialeticidade sujeito-mundo e/ou sujeito-sujeito, constituindo o processo de intersubjetividade na história.

O papel da consciência concebido pelo estudioso está diretamente relacionado com uma visão dialética inovadora, que não reproduz as posições abstratas e egocêntricas da tradição filosófica ocidental. A consciência do ser humano encontra-se em cada momento já constituída por meio da dialética entre a história do sujeito e o mundo em que vive. Porém, a constituição da consciência não se dá de modo egocêntrico e individual, pelo contrário, nós, seres humanos, fazemos a nós mesmos por meio de uma gama de relações intersubjetivas que implicam em trocas, contradições, recuos e avanços. Há um processo da práxis humana que implica fazer o mundo e, assim agindo, fazemos a nós mesmos como seres humanos essencialmente sociais, intersubjetivos e dialógicos. Ou, com já afirmava Freire em 1967,

> O sujeito pensante não pode pensar sozinho; não pode pensar sem a co-participação de outros sujeitos no ato de pensar sobre objetos. Não há um "penso", mas um "pensamos" que estabelece o "penso", e não o contrário [...] (p. 66)

Esse movimento dialético requer do homem uma condição própria, que se expressa na instância crítica da consciência humana, ou seja, o desafio de fazer o mundo mais humanizado implica, por outro lado, a transcendência da condição humana. Esse é o papel da *conscientização*, que só é possível por meio de um trabalho/atividade planejada, intencional, capaz de desenvolver coletivamente novos níveis de consciência, assegurando a coerência e a dialeticidade discurso-prática, reflexão-ação.

> Contra toda a força do discurso fatalista neoliberal, pragmático e reacionário, insisto hoje, sem desvios idealistas, na necessidade da conscientização. Insisto na sua atualização. Na verdade, enquanto aprofundamento da "prise de consciense" do mundo, dos fatos, dos acontecimentos, a conscientização é exigência humana [...]. Em lugar de estranha, a conscientização é natural ao ser que, inacabado, se sabe inacabado. (FREIRE, 1997, p. 60)

A conscientização é um processo intrinsecamente intersubjetivo, que implica o diálogo e a produção de sentidos partilhados coletivamente. É por meio dessa instância coletiva que se torna possível, na sociedade, a convergência de sonhos, utopias e esperanças subjetivas na construção de um projeto social intersubjetivo. A capacidade humana de intervir na realidade é potencializada por meio da prática intersubjetiva que dialetiza discurso e prática, planejamento e intervenção na realidade.

Esse processo dialético e dialetizador da realidade é uma proposta alternativa frente à certos discursos da *pós-modernidade* que pregam o fim das ideologias, das classes sociais, das utopias e dos projetos coletivos de transformação da sociedade. É pelo diálogo e pela troca de saberes, sentidos e valores que a humanidade sempre será capaz de refazer seus caminhos e reconstruir sua história a que permanece aberta ao futuro, inacabada e inconclusa em seus horizontes de afirmação de novos projetos de sociedade.

Educação e Política

Em Freire encontram-se os elementos centrais de uma proposta pedagógica politicamente definida em favor dos oprimidos. A epígrafe do livro *Pedagogia do oprimido* não deixa nenhuma dúvida sobre de que lado o pedagogo está diante das realidades concretas que produzem um mundo desigual, injusto e desumano. Nesses termos o autor se expressa: "Aos esfarrapados do mundo e aos que neles se descobrem e, assim descobrindo-se, com eles sofrem, mas, sobretudo, com eles lutam" (FREIRE, 1993, p. 23).

Para Freire a educação nunca poderá ser neutra politicamente. Todo e qualquer projeto pedagógico, ou proposta de educação, e todo e qualquer ato educativo é, fundamentalmente, uma *ação política*. Ou seja, o educador, ao definir uma determinada metodologia de trabalho, planeja, decide e produz determinados resultados formativo-educacionais que têm consequências na vida dos educandos e na sociedade onde educador e educandos se encontram.

Nesse sentido, para o escritor, as escolhas pedagógicas se orientam por meio da visão e interesse político do educador. E, igualmente, numa esfera mais ampla, todo planejamento de governo na área da educação segue determinadas concepções de políticas educacionais.

Então, segundo Freire (1980; 1993; 1994; 1995), na prática da ação educativa não há neutralidade política em todo e qualquer processo educacional, pois já estamos mergulhados em um mundo desigual em que a educação exige um posicionamento a favor ou contra o *status quo* estabelecido. A necessária e indispensável posição política do educador, para ser coerente com sua ética profissional, é um dos grandes princípios fundantes da pedagogia freiriana e perpassa toda sua obra como educador e filósofo da educação.

Dessa forma, não podemos ler as últimas obras do autor[4] sem levar em conta o cenário da globalização econômica e das políticas neoliberais que se consolidaram mundialmente após a derrocada do socialismo soviético e da social-democracia na Europa ocidental.

Ao criticar as convicções neoliberais, Freire está denunciando as práticas desumanas dela decorrentes e mostrando a manipulação ideológica por meio de um discurso fatalista e conservador diante das crises produzidas pelo próprio projeto político em questão.

O poder ideológico do neoliberalismo reside, principalmente, em uma lógica que articula seu discurso para justificar a realidade histórica, concebendo-a como necessária, imutável e natural. O grande esforço desse discurso é formar a opinião pública,

---

[4] Principalmente a *Pedagogia da esperança* e a *Pedagogia da autonomia*, por meio das quais Freire repensa sua proposta de educação à luz do contexto da globalização neoliberal e da necessidade de construirmos alternativas para um novo projeto social, com novas estratégias de organização das classes oprimidas. A luta contra a perversidade da globalização neoliberal requer a união dos diferentes contra os antagônicos.

buscando homogeneizar as consciências no seu modo de ver o mundo socioculturalmente produzido, para que as grandes massas (que estão sendo excluídas pelas próprias regras dessa política) aceitem a realidade como ela é. Esse fatalismo, sutilmente pregado e difundido pelo poder da mídia, exerce um papel de apaziguamento das camadas populares que, infelizmente, ao serem convencidas por tal discurso, passam a comportarem-se como massa inerte; como rebanhos apaziguados pela "sabedoria" do "grande pastor".

A reação contrária de Freire a esse discurso tem como ponto de partida sua visão ético-política do ser humano. A defesa do educador é a defesa da Ética Humana que não deve aceitar como verdade os princípios da Ética do Mercado. A Ética Universal, humanizadora, tem como princípio maior o direito de todos à uma vida digna. Somente partindo desse princípio é possível ver que o ideário neoliberal, ao defender o lucro acima de tudo e as leis do mercado como algo absoluto e intocável, está desconsiderando o valor maior, que é a vida dos seres humanos. Nesse sentido, Freire explicita que,

> O discurso da globalização que fala da ética esconde, porém, que a sua é a ética do mercado e não a ética universal do ser humano, pela qual devemos lutar bravamente se optamos, na verdade, por um mundo de gente. O discurso da globalização estruturalmente oculta ou nela busca penumbrar a reedição intensificada ao máximo, mesmo que modificada, da medonha malvadez com que o capitalismo aparece na História. O discurso ideológico da globalização procura disfarçar que ela vem robustecendo a riqueza de uns poucos e verticalizando a pobreza e a miséria de milhões. O sistema capitalista alcança no neoliberalismo globalizante o máximo da eficácia de sua malvadez intrínseca. (FREIRE, 1997, p. 144)

Outra grande transgressão ético-política do neoliberalismo está em conceber a realidade humana como algo pronto e consolidado. Essa visão determinista reforça ao extremo uma posição conservadora que justifica a desumanização no mundo atual como sendo uma realidade natural e involuntária e, portanto, independente frente às práticas sociais efetivas. Esse é mais um traço do discurso neoliberal que denota seu viés profundamente ideológico e irresponsável diante do futuro da sociedade. A visão desse discurso concebe que

> Nada é possível de ser feito contra a globalização que, realizada por que tinha de ser realizada, tem de continuar seu destino, porque assim está misteriosamente escrito que deve ser. A globalização que reforça o mando das minorias poderosas e esmigalha [...] a presença dos dependentes [...] é destino dado. Em face dela não há outra saída senão que cada um baixe a cabeça docilmente e agradeça a Deus porque ainda está vivo. (FREIRE, 1997, p. 129)

A proposta de Freire nos remete para a necessária releitura dos cenários do mundo contemporâneo com o objetivo de desmascarar a ideologia fatalista hoje em voga. Nessa direção, o pedagogo explicita sua visão de história, sociedade e existência humana, partindo da tese de que a vida em sociedade tem uma historicidade que lhe é intrínseca. Ou seja, tudo o que existe em termos de realidades socioculturais são produções humanas, que surgiram em um determinado tempo e espaço. Além disso, a natureza do homem, que não está pronta ou pré-fabricada, tem a vocação de buscar sua própria humanização – ser mais. Essa característica da espécie humana é a base antropológica e, portanto, ético-política, que desmente toda e qualquer posição fatalista, ou determinista, assim como torna explícito o viés conservador e profundamente ideológico do discurso neoliberal.

O caminho que a maior parte da população mundial deve buscar construir, portanto, é o fortalecimento da resistência contra o projeto político dominante e a articulação de movimentos sociais mais amplos, de âmbito internacional, capazes de produzir um poder político verdadeiramente cidadão e que controle os subsistemas da economia e da administração pública. A esperança e a utopia de realizar um projeto social que realmente supere a malvadez intrínseca ao capitalismo (hoje ainda mais desumano e excludente), reside no fato de que a história é feita pelos seres humanos e não está pré-determinada por nenhuma lei ou destino invisível ou incognoscível aos homens. Portanto, a esperança freiriana de superação ético-política ao neoliberalismo funda-se na possibilidade histórica, sempre real e ao alcance dos seres humanos, de que é na fraqueza dos oprimidos, hoje sofredores da desumanização materializada em seu mundo cotidiano, que reside a força capaz de superar a fortaleza construída pelos opressores.

> Não creio que as mulheres e os homens do mundo, independente até de suas opções políticas, mas sabendo-se e assumindo-se

como mulheres e homens, como gente, não aprofundem o que hoje já existe como uma espécie de mal-estar que se generaliza em face da maldade neoliberal. Mal-estar que terminará por consolidar-se numa rebeldia nova em que a palavra crítica, o discurso humanista, o compromisso solidário [...] e o anúncio de um mundo gentificado serão armas de incalculável alcance. (FREIRE, 1997, p. 145)

Nessa forma de ver o mundo, a história alcançará maiores níveis de humanização e sentido ético na medida em que a supressão da realidade concreta de opressão for se tornando potencial de realização da liberdade de todos. Esse é um processo dialético, conflituoso, de avanços e recuos, e que requer práticas efetivas de transformação da realidade que materializem, no conjunto da sociedade, movimentos superiores de libertação. Contudo, esse processo não implica um ponto de chegada, em que não teríamos mais conflitos, contradições ou embates práticos. Essa visão de fim de história ou de consolidação de um sistema é uma ilusão antropológica que se transforma em ideologia, e por isso mesmo, que nega a própria condição da história humana. No desdobramento concreto da história sempre teremos a possibilidade e a exigência de novos embates para libertar a vida de suas próprias limitações e condicionamentos socioculturais.

Educação e Ética

A proposta política de Freire tem como fundamentação última a defesa da Ética Humana, como expressão da própria natureza de nossa espécie, que vai sendo fabricada na história. Contrário ao relativismo e ao pragmatismo ético – muito em moda no contexto atual e que esvaziam o campo da ética ao professarem um relativismo total sobre os princípios que devem nortear nossa ação no mundo – o educador argumenta em defesa de uma Ética Universal do ser humano, que constitui sua própria natureza e gesta-se na história.

Portanto, a denúncia dirigida por Freire aos sistemas político-econômicos e sociais que impõem a desumanização a milhões de seres humanos tem, acima de tudo, a preocupação ética com a defesa de uma vida digna para todos. As críticas à globalização econômica (de cunho neoliberal) visam mostrar sua perversidade humana na transgressão ética, que jamais deve ser aceita na história. Entretanto, diante da realidade social de transgressão à ética humana, o pedagogo insiste na necessária intervenção prática (política) no mundo para transformá-lo e, nessa direção, desde a origem da nossa ação transformadora, impõe-se a coerência ético-política no cultivo do diálogo verdadeiro – que requer condições reais para efetivamente realizarmos novas práticas culturais (não totalizantes da vida humana).

A concepção da Ética Universal em Freire está diretamente relacionada com a sua concepção antropológica (que será analisada no capítulo seguinte). A interpretação radicalmente dialética sobre a vida humana que, como presença no mundo, vai se gestando na história, por meio da intervenção nas realidades constitutivas do próprio mundo, é o fundamento para conceber uma ética universal do homem. A busca da humanização do mundo, que faz da natureza da nossa espécie uma constante busca do ser mais, revela em nós, seres em construção, uma existência radicalmente ética. Nesses termos, Freire defende a universalidade da Ética Humana:

> Quando falo, porém, da ética universal do ser humano estou falando da ética enquanto marca da natureza humana enquanto algo absolutamente indispensável à convivência humana. Ao fazê-lo estou advertido das possíveis críticas que, infiéis ao meu pensamento, me apontarão como ingênuo e idealista. Na verdade falo da ética universal do ser humano da mesma forma como falo de sua vocação ontológica para o ser mais, como de sua natureza constituindo-se social e historicamente. (FREIRE, 1997, p. 20)

O ser humano não só está no mundo, pois não é um ser passivo totalmente adequado a ele, mas um ser que faz escolhas, que toma decisões e que, por isso mesmo, se tornou uma presença no mundo que tem um modo especial de ser. Ou seja, a autenticidade da existência humana está diretamente relacionada ao fato de que o ser humano não só está no mundo, mas intervém nele, transforma-o, toma decisões, rompe com o já feito, avalia, constata e também sonha com um mundo diferente.

> É no domínio da decisão, da avaliação, da liberdade, da ruptura, da opção, que se instaura a necessidade da ética e se impõe a responsabilidade. A ética se torna inevitável e sua transgressão possível é um desvalor, jamais uma virtude. (FREIRE, 1997, p. 20)

A natureza humana não está pronta (por que não é um *a priori* da história), portanto, nós, seres humanos, estamos em constante busca para realizarmos nossa vocação ontológica e nos tornarmos mais gente, o que implica, da mesma forma, "gentificar" (humanizar) o mundo (FREIRE, 1993, 1994, 1997). No entanto, essa busca de humanização de nós mesmos e do mundo, que é uma marca da nossa natureza segundo Freire, não significa que a humanização seja de fato algo absolutamente certo e automaticamente realizável na história. A negação do *ser mais*, como vocação ontológica do ser humano, também é possível, tanto que é um fato concreto na história. Esse fato demonstra que, sendo seres em constante busca, nos encontramos sempre imperfeitos, inconclusos e condicionados por *situações-limites* que nos debilitam. Ou seja, não é somente desumano o mundo que atrofia a realização do *ser mais*, mas também as pessoas, que ao serem desumanizadas e enfraquecidas, negam sua própria natureza.

No seio da realidade acima descrita, que é um fato concreto na história do homem, ocorre a transgressão da ética, que é a própria negação do sentido humano de nossa intervenção no mundo. Não é outra ética, porque a própria natureza é uma exigência, em si mesma, de autoconstrução na história e não de destruição de si e do mundo. Portanto, nossas decisões vão ser sempre decisões éticas ou transgressoras da ética (antiéticas).

> O inacabamento de que nos tornamos conscientes nos fez seres éticos. O respeito à autonomia e à dignidade de cada um é um imperativo ético e não um favor que podemos ou não conceder uns aos outros. Precisamente porque éticos podemos desrespeitar a rigorosidade ética e resvalar para a negação, por isso é imprescindível deixar claro que a possibilidade de desvio ético não pode receber outra designação senão a de transgressão. (FREIRE, 1997, p. 66)

A transgressão ética é uma possibilidade na história, mas jamais podemos aceitá-la como marca de outra vocação humana. Sua realidade efetiva em nosso mundo revela a desumanização que grande parte dos habitantes do planeta sofre na atualidade, mas tal realidade implica a própria negação da natureza humana. Diante desse fato, a nossa luta como coautores na elaboração do mundo deve ser pautada a favor da eticidade da nossa vida em sociedade, o que implica a resistência contra a desumanização e na construção de novas estruturas de organização do mundo. Esse é o desafio intrínseco à proposta política de libertação que deve partir dos oprimidos, porque são os que mais sofrem as consequências sociais desumanizadoras.

Uma proposta ético-política e pedagógica de intervenção no mundo não tem sentido algum se não é pautada no resgate de milhões de pessoas atrofiadas no mundo todo. A perversidade e a indiferença com que são tratados os contingentes de seres humanos, que não fazem parte dos planos estratégicos dos sistemas econômicos e políticos hoje vigentes, demonstra a transgressão ética escancarada nos quatro cantos do mundo. A defesa ética de nossa ação política passa pela recusa das ideologias fatalistas, que reproduzem um determinismo histórico sempre justificador das práticas antiéticas. Não podemos aceitar, em hipótese alguma, a visão fatalista da história, que quer nos imobilizar, fazendo-nos perder a esperança diante do futuro social, político, cultural e histórico.

> Daí a minha recusa rigorosa aos fatalismos quietistas que terminam por absorver as transgressões éticas em lugar de condená-las. Não posso virar conivente de uma ordem perversa, irresponsabilizando-a por sua malvadez, ao atribuir a "forças cegas" e imponderáveis os danos por ela causados aos seres humanos. (FREIRE, 1997, p. 113)

A realidade é uma produção dos seres humanos e não um destino trágico que estaria acima de nosso poder de transformação. As consequências das decisões políticas devem ser eticamente avaliadas e não simplesmente justificadas por meio de argumentos fatalistas, cientificamente falsos e ideologicamente perversos à inteligência humana em seus diferentes modos de perceber e significar o mundo.

Partindo do princípio de que "não há verdadeira política sem ética", Freire lança duras críticas ao pragmatismo político que está por trás das realidades sociais desumanizadoras constitutivas de nosso mundo contemporâneo. Contudo, ele não faz uma crítica abstrata; além de mostrar os efeitos concretos que a desumanização produz nas vidas de milhões de seres humanos, suas análises problematizam sobre as causas que efetivamente produzem tais efeitos.

Nesse sentido, o pedagogo faz uma crítica radical à ideologia embutida na globalização econômica neoliberal pela sua perversidade nos planos e métodos de "governar o mundo" e, igualmente, pela sua indiferença frente à miséria humana, que esses planos "metodicamente" produzem. Por tais razões, o esforço de Freire é desmascarar a malvadez do capitalismo em sua cruzada, essencialmente ideológica, que prega o fim das ideologias. Entretanto, com o mesmo rigor, a proposta freiriana desafia a necessidade histórica de superar os sistemas político-econômicos que são opressores e essencialmente destrutivos à vida em sua lógica interna. Essa exigência, antes de ser política, é essencialmente moral à luz da proposta de uma ética universal do ser humano.

A denúncia ética contra as realidades constitutivas do mundo desumanizado em que vivemos é objeto de inúmeras passagens nos escritos de Freire. Contudo, por questões práticas, apenas destacaremos algumas das que trazem dados significativos sobre a dimensão a que chegou o desrespeito e a agressão sistemática à dignidade da vida de grande parte da população mundial. Em seu livro *Pedagogia da esperança*, o autor, citando o relatório de UNICEF de 1990, nos coloca:

> Cerca de 30 milhões de crianças de menos de 5 anos morrem anualmente de causas que normalmente não seriam fatais em países desenvolvidos. Cerca de 110 milhões de crianças no mundo todo (quase 20% do grupo de idade) deixam de receber educação primária [...]. Mantidas as atuais tendências mais de 100 milhões de crianças morrerão de doenças e desnutrição na década de 90. As causas dessas mortes podem ser contadas nos dedos [...]. Morrerão ressequidas pela desidratação, sufocadas pela pneumonia, infectadas pelo tétano ou pelo sarampo ou asfixiadas pela coqueluche. Essas cinco doenças muito comuns, todas relativamente fáceis de prevenir ou tratar [...]. (FREIRE, 1994, p. 95)

Outra passagem que reflete a barbárie das políticas que hoje vigoram no mundo e que são mantidas pelos países líderes da globalização neoliberal revela o seguinte:

> Em nível internacional começa a aparecer uma tendência em aceitar os reflexos cruciais da "nova ordem mundial", como naturais e inevitáveis. Num encontro internacional de ONGs, um dos expositores afirmou estar ouvindo com certa freqüência de países do Primeiro Mundo a idéia de que crianças do Terceiro Mundo acometidas por doenças como diarréia aguda, não deveriam ser salvas, pois tal recurso só prolongaria uma vida já destinada à miséria e ao sofrimento. (FREIRE, 1997, p. 17)

Essa é a ideologia do pragmatismo político que, por meio de seus planos estratégicos elaborados para obter o maior lucro possível nos negócios interplanetários, condena grande parte da população mundial ao "destino trágico" de morrer de fome, ou por doenças de simples cura, tal como uma diarreia. Para essa visão de mundo, ou de política, o ser humano não tem valor, é um simples objeto de manobra, que pode ser usado como qualquer animal, máquina ou instrumento de produção e acumulação de riquezas; quando não serve mais para os "planos estratégicos" de acúmulo do lucro, é descartado e fica à mercê de sua própria sorte.

É por causa desses planos políticos estruturados na ótica da globalização neoliberal que ficam totalmente excluídos quase dois terços da população mundial. O fenômeno do desemprego estrutural é o exemplo clássico dessa exclusão, mas há outros métodos e formas sutis de privação, que descartam regiões inteiras dos planos político-econômicos.

Há uma exclusão total da África que, enquanto continente periférico e historicamente explorado pelos europeus, não entra nos planos da organização de um mercado global. Outras regiões, como a América Latina, são tratadas como economias de "países emergentes" que, para competirem no mercado global, devem restruturar-se à luz da lógica de competição internacional. Por essa razão, os países emergentes precisam seguir o receituário do Primeiro Mundo, mesmo que isso represente a exclusão social de grande parte de seu povo.

Um primeiro aspecto da crítica de Freire à globalização neoliberal é o fatalismo nela embutido e sua força ideológica, que visa impor-se como "a salvação de todo o mundo":

> A capacidade de nos amaciar que tem a ideologia nos faz às vezes mansamente aceitar que a globalização da economia é uma invenção dela mesma ou de um destino que não poderia se evitar, uma quase entidade metafísica e não um momento do desenvolvimento econômico submetido, como toda produção econômica capitalista, a uma certa orientação política ditada pelos interesses dos que detém o poder. (FREIRE, 1997, p. 142-143)

Há uma profunda distorção, mas que é ideologicamente planejada, na forma de conceber a história como determinismo e não como possibilidade. Diante dessa visão de mundo fatalista não há outro caminho para o Brasil, México, Argentina, Chile e outros países periféricos a não ser adotar o caminho "imposto" pelos países do Primeiro Mundo. Mesmo que as realidades sejam profundamente diversas e que cada economia encontre-se em um estágio próprio de desenvolvimento, a globalização professa a necessária abertura de todos os países à livre concorrência mundial. Por trás desses planos, os mecanismos do sistema financeiro, articulados com os interesses estratégicos das economias centrais, passa a impor o ritmo desse processo perverso de concorrência desleal e ditam as regras para o capital especulativo fazer suas apostas, deixando a maioria dos países periféricos cada vez mais frágeis e, por isso mesmo, "menos emergentes".

> A "andarilhagem" gulosa dos trilhões de dólares que, no mercado financeiro, "voam" de um lugar para o outro com a rapidez dos faxes, à procura insaciável de mais lucro não é tratada como fatalidade. Não são as classes populares os objetos imediatos de sua malvadez. Fala-se, por isso mesmo, da necessidade de disciplinar a "andarilhagem" dos dólares. (FREIRE, 1997, p. 163)

O fatalismo ideológico, embutido nos princípios neoliberais, demonstra, mais uma vez, a sua perversidade no abandono, exclusão e desvalorização dos seres humanos em relação ao mercado. O que for importante para a administração dos negócios e a obtenção do maior lucro possível não é concebido como fatalidade. Porém, o que tem relação com a maioria da sociedade e se refere às consequências negativas da intervenção política da globalização é tido como algo determinado, necessário e impossível de ser alterado na história. Nesse sentido, o desemprego é visto como uma fatalidade de fim de século; a pobreza e miséria humana como um destino da história; as doenças e epidemias decorrentes da miséria como uma seleção natural; e assim por diante.

Entretanto, o que está por trás desse discurso, e aqui vem o segundo aspecto da crítica de Freire, é uma lógica perversa que interpreta e planeja o mundo a partir dos princípios do mercado. A supervalorização do lucro e da riqueza em detrimento dos seres humanos em sua dignidade e no valor que lhes são intrínsecos, demonstra um profundo vazio ético ou a defesa de uma ética menor, invertendo a própria vocação da natureza humana. Eis a malvadez inerente à lógica do sistema capitalista em toda sua reprodução na história humana.

> O discurso da globalização que fala da ética esconde, porém, que a sua é a ética do mercado e não a ética universal do ser humano, pela qual devemos lutar bravamente se optamos na verdade por um mundo de gente. O discurso da globalização astutamente oculta ou nela busca penumbrar a reedição intensificada ao máximo, mesmo que modificada, da medonha malvadez com que o capitalismo aparece na história. O discurso ideológico da globalização procura disfarçar que ela vem robustecendo a riqueza de uns poucos e verticalizando a pobreza e miséria de milhões. O sistema capitalista alcança no neoliberalismo globalizante o máximo de eficácia de sua malvadez intrínseca. (FREIRE, 1997, p. 144)

A superação política dessas condições históricas do mundo atual somente poderá ocorrer se dependermos radicalmente da ética do ser humano. O processo de libertação política, econômica, cultural e social requer sua fundamentação ética. Contudo, essa exigência implica fundamentar o ponto de partida ético não em teorias transcendentais (a exemplo da ética da modernidade), mas sim por meio da realidade de opressão, ou de toda forma de exclusão que as populações do Terceiro Mundo sofrem em seu cotidiano.

Portanto, a denúncia da perversidade concretamente materializada nas diversas formas de exclusão do homem deve ter como objetivo o compromisso ético-libertador de resgatar a humanidade de seu atrofiamento. Essa é uma exigência radicalmente política – que deve traduzir-se em transformações concretas no cotidiano da vida em sociedade – articulando-se em projetos que desenvolvam processos educativos, culturais e políticos emancipatórios diante das realidades sociais opressoras. Os que sofrem a desumanização na própria pele não podem mais esperar; toda a sociedade passa a sofrer as consequências concretas dessa situação de violência e opressão em que vivemos.

CAPÍTULO III

EDUCAÇÃO E HUMANIZAÇÃO

Na obra de Freire, há uma forte crítica aos modelos de racionalidade dominantes, que têm sua origem na civilização moderna ocidental, pelas consequências *necrófilas* e opressoras que estes trazem para a humanidade como um todo. Da mesma forma, o pedagogo concebe uma proposta teórico-filosófica inovadora na maneira como olhamos para a vida humana em sociedade, que aponta para uma superação dos modelos teóricos tradicionais. A proposta pedagógica freiriana tem como princípio articulador um pensamento radicalmente dialético, que estrutura uma *pedagogia da práxis social transformadora*.

Desse modo, o objetivo de explicitar uma dialética-dialógica em Freire tem como base a interpretação do sentido humanista e libertador de sua proposta em prol de um novo projeto de sociedade. E, além disso, há em Freire uma proposta radical de reconstrução cultural via debate crítico e criativo sobre as vivências multiculturais entre povos e comunidades distintas.

Nessa direção, o educador assume uma posição radicalmente comprometida com a realização de um humanismo libertador, dialógico, criativo e, acima de tudo, ético, que somente poderá ser construído por meio de uma síntese integradora da multiplicidade dos povos em suas existencialidades concretas em nosso mundo.

A construção de uma síntese entre diferentes culturas, processos históricos e formas de vida que convivem em um mundo cada vez mais globalizado e complexo é uma alternativa para a superação concreta das práticas sociais opressoras, bem como das estruturas e sistemas de dominação do homem pelo homem. Tal desafio é uma exigência histórica e, portanto, política e ética, para que a humanidade efetive sua autêntica vocação de humanização do mundo.

O sentido último que o autor expressa em sua proposta pedagógica, que implica um novo projeto de sociedade, é a humanização da nossa espécie como um todo, que deve ser materializada numa vida digna e na superação das realidades sociais que oprimem e atrofiam o *ser mais* de todo e qualquer ser humano como corpo consciente em um mundo histórico e socialmente construído. Portanto, para Freire, nossa vida só tem sentido na busca incessante pela libertação de tudo aquilo que nos desumaniza e nos proíbe de ser mais humanos, dignos e livres em nosso ser existencialmente situado.

A pedagogia do diálogo (crítica e esperançosa diante do ser humano), que articula as propostas epistemológica, política, antropológica e ética do pedagogo, caracteriza-se pela busca de um sentido para a vida humana em sociedade nos tempos de hoje.

A natureza da espécie humana, para Freire (1997), está programada a partir de uma característica essencial de nossa vida, que compreende a dialogicidade como base para a construção de uma *cultura biófila*, amorosa, esperançosa, crítica, criativa e solidária. Esse traço é o que caracteriza a *vocação ontológica* do ser humano. Portanto, um comportamento, atitude de vida, ou prática social que nega ou atrofia o potencial dialógico da existência humana não constitui outra vocação do homem, mas a sua própria negação.

O sentido da dialética freiriana está na afirmação da vida humana em sua totalidade, o que implica cultivar as várias dimensões da nossa própria natureza (em constante processo de autoconstrução), tais como mente, corpo, sentimentos, emoções, sensibilidade, amorosidade, eticidade, cidadania, lazer, socialização, entre outras. Eis, portanto, o esforço de Freire para reelaborar vários temas já abordados pela tradição filosófica ocidental, colocando-os sob um novo ponto de vista e recriando, assim, os modos de conceber e fundamentar a racionalidade humana em seu processo histórico de produção de sentidos para a existência do homem diante do desafio de humanização do mundo.

Em primeiro lugar, podemos dizer que Freire situa-se na passagem do paradigma filosófico da modernidade – que se ancorava na subjetividade humana enquanto medida de todas as coisas e produção de todo e qualquer sentido possível – para um novo paradigma fundamentado na relação sujeito-sujeito (relação intersubjetiva), que requer a prática da solidariedade, da comunicação e do diálogo; fundamentos da vida em sociedade e da produção de todo e qualquer sentido humanamente válido.

Nesses termos, o educador supera a modernidade, embora seja "moderno" em certos aspectos de sua proposta teórica, principalmente em sua defesa incondicional da utopia e da esperança como molas propulsoras da história humana. A originalidade de Freire está na superação da modernidade ao buscar construir, crítica e criativamente, novos elementos para conceber a vida humana em sociedade de modo radicalmente democrático e libertador. Ele é também original ao elaborar uma *nova visão epistemológica*, considerando a produção do conhecimento de forma dialógica, intersubjetiva e dialeticamente aberta para o dinamismo da vida, para a diferença e para o inédito, além de inspirar profundas inovações na visão política e ética dos problemas que desafiam o mundo atual.

Outro traço original do estudioso é o que podemos chamar de visão dialética diferenciada em relação à tradição moderna. De uma forma distinta dos clássicos da dialética moderna (Hegel e Marx), há no pensamento do autor uma significativa diferença no modo como ele fundamenta o processo dialético da vida humana em seu todo, pois parte da realidade concreta dos seres humanos desumanizados com o objetivo de problematizar seu mundo por meio de um diálogo crítico e transformador das culturas.

Freire retoma a dialética em suas origens gregas e nos reapresenta a relação entre *dialética e diálogo*, conferindo, assim, novos fundamentos que superem a clássica tríade dialética inaugurada pela modernidade ocidental e tradicionalmente expressa a partir dos termos hegelianos: Afirmação – Negação – Negação da negação. O que Freire (1994) aponta de novo em sua concepção dialética é a compreensão de história e do papel/importância da espécie humana na construção de um mundo socioculturalmente estruturado. Um momento histórico posterior é algo novo, que não poderá ser predeterminado ou domesticado pelos momentos que o antecedem, pois o futuro da história é algo a ser construído por nossa inserção no mundo. Enquanto na tríade dialética clássica a tendência natural do processo é a de reforçar a Tese (Afirmação) em detrimento da Antítese (Negação), enfraquecendo a contradição por intermédio da eliminação das contingências (CIRNE-LIMA, 1996), na dialética-dialógica de Freire não há a predominância de uma posição sobre a outra, pois o próprio diálogo, em sua autenticidade, nutre-se pela abertura ao outro, oportunizando, assim, a revelação do novo na história. Esse processo dialético, que assume constantemente novos modos ou níveis de elaboração e afirmação da vida em sociedade, jamais teria um ponto de chegada, pois se assim fosse, a história se fecharia em si mesma e negaria sua própria natureza, constituída de contradições, tensões e conflitos que nos impulsionam em direção a novos sentidos da vida humana.

No diálogo aberto, o exercício de argumentação dos sujeitos participantes garante que as diferentes posições tenham iguais condições de serem ouvidas, debatidas e avaliadas por meio de um processo de construção dialógica do mundo humano. Então, a experiência humana dialógica, segundo Freire (1994), confere uma fundamentação diferente, desde a construção lógico-racional da experiência do homem no mundo, até a produção cultural das formas de organização da sociedade e sua recriação pela história. As raízes profundas de seu processo efetivo visam a libertação da humanidade e não o controle da mesma à semelhança de uma fundamentação necessitária e determinista, que a tradição da dialética hegeliana-marxista reproduziu nos últimos séculos.

Um terceiro aspecto da pedagogia dialógica freiriana revela-se, igualmente, em sua posição fronteiriça entre modernidade e pós-modernidade (GIROUX, 1998). O pedagogo persegue uma síntese original entre os aspectos positivos da modernidade e a necessidade de superação da mesma por meio de uma visão pós-moderna que não renuncie à utopia de um projeto emancipatório da sociedade. Por outro lado, ele faz críticas profundas à moldura opressora e dominante intrínseca ao "projeto civilizatório" iluminista da Europa[5], que prometia emancipar os povos de outros continentes e produziu, na prática, profundas sequelas de exclusão social e desumanização, sem mencionar a destruição da cultura dos "povos colonizados" e de seu Mundo Vivido, que sofreram o impacto das conquistas europeias (Dussel, 1977, v. II). Nesse sentido, Freire comunga com as críticas pós-modernas diante do eurocentrismo (intrínseco ao projeto iluminista), que impôs um modelo de vida alienante, necrófilo e destrutivo aos diferentes povos do mundo por meio de uma invasão cultural opressora, desumana e genocida às culturas que eram diferentes do núcleo ocidental. Entretanto, as posições do pedagogo afastam-se de uma pós-modernidade conservadora, que justifica a realidade do mundo atual ao concebê-la como algo natural, inexorável ou mesmo intransponível.

A dialética dialógica de Freire implica conceber a essencial abertura da vida humana para o mundo, por meio da qual a história e, principalmente, o futuro do homem, continuam a reservar surpresas e novidades por meio de novas construções de formas ou modelos de vida. É nessa dimensão de futuro da história que se fundamenta a esperança e a utopia, traços constitutivos da própria natureza humana (Freire, 1997).

Buscamos defender, nesse sentido, que as teses freirianas fundamentam-se em uma pedagogia dialético-dialógica aberta ao futuro e, por isso mesmo, não se reduzem nem ao extremo da domesticação da história, como no historicismo professado pela razão iluminista moderna, nem à posição inversa da dialética negativa de Adorno e Hokheimer, que não veem outra possibilidade para libertar a humanidade do determinismo moderno senão por meio da ausência total de qualquer síntese dialética (Siebeneichler, 1994).

Dessa forma, mostraremos a seguir como Freire elabora as novas formas do olhar antropológico, que nos dão a oportunidade de re-

---

[5] A concepção freireana, nesse aspecto, é muito próxima à de Fanon (1979), que analisa todo o processo de colonização europeia na África. A crítica de Fanon é radical quanto ao espírito pragmático dos povos europeus, ditos civilizados, nas ações concretas de domínio e destruição das culturas diferentes. Freire e Fanon convergem para o mesmo ponto com relação à necessidade da ruptura cultural e política diante dos modelos colonialistas e opressores vindos da Europa e seus aliados.

pensar a educação num sentido libertador, humanista, radicalmente democrático e solidário na organização, produção e reprodução da vida em sociedade.

Nos passos que se seguem, buscaremos mostrar, de modo mais sistemático, a originalidade das concepções freirianas nos campos antropológico, político, epistemológico e ético. Tais concepções servem de base para a teoria da dialogicidade, ou das condições do diálogo formativo, que constituem o viés central de sua proposta de educação como humanização da vida em sociedade.

Concepção Antropológica de Freire

É partindo de uma noção de natureza humana essencialmente dialética que Paulo Freire fundamenta uma visão antropológica original e fecunda para o desenvolvimento de suas teses nos campos epistemológico, político-pedagógico e ético.

A natureza humana não é vista por Freire como algo *a priori*, totalmente inato, que já está constituído desde a sua origem. Ao contrário, sua concepção de ser humano implica entender as dialeticidades subjetividade-objetividade; homens-realidades socioculturais; e consciência-mundo; como um processo em construção por meio do qual a natureza humana vai autoconstituindo-se ao construir um mundo humano. Nesses termos, o educador afirma que não é possível,

> entender os homens e as mulheres, a não ser mais do que simplesmente vivendo histórica, cultural e socialmente existindo, como seres fazedores de seu "caminho" que, ao fazê-lo, se expõem ou se entregam ao "caminho" que estão fazendo e que assim os refaz também. (FREIRE, 1994, p. 97)

Fiori também comunga com Freire dessa concepção de ser humano como um projeto que se faz a si mesmo por meio de uma constante objetivação de seu ser no mundo. A capacidade do homem de criar cultura, intervir na realidade e dizer o mundo pela palavra criadora, que traz à consciência novos níveis de criticidade e problematização do próprio mundo em que vive, revela a dimensão transcendental da existência humana, que está em permanente processo dialético de fazer-se ao construir o mundo através da comunicação intersubjetiva e da práxis transformadora.

> A "hominização" opera-se no momento em que a consciência ganha a dimensão da transcendentalidade. Nesse instante, liberada do meio envolvente, desapega-se dele, enfrenta-o, num comportamento que a constitui como consciência do mundo. Nesse comportamento, as coisas são objetivadas, isto é, significadas e expressadas: o homem as diz. A palavra instaura o mundo dos homens. (FIORI *apud* FREIRE, 1993, p. 18-19)

Por essa razão é que Fiori, ao interpretar a Pedagogia de Freire, define a Pedagogia e a Antropologia por meio do célebre princípio do aprender a dizer a sua palavra. É pela palavra que o ser humano se hominiza e humaniza. Ao dizer o mundo, ele está também conferindo sentidos ao seu mundo e definindo comportamentos que se tornam práxis histórica de transformação do mundo.

Então, a natureza humana não é simplesmente o inato nem somente o adquirido, mas a interação permanente entre ambos. O processo histórico e sociocultural da existência do homem consiste na permanente articulação entre a dimensão inata da vida humana (que compreende as estruturas hereditárias, os genes ou as potencialidades constitutivas de cada indivíduo) e o processo de aprendizagem, que ocorre através da experiência histórica.

Eis a grande diferença entre a espécie humana e as demais espécies animais: o ser humano é um ser de relações que transcende a si próprio por estar, constantemente, saindo de si mesmo e exteriorizando seu ser nas relações que estabelece. Como tal, é um ser inacabado, que está em constante processo de construção de si mesmo, considerado individualmente ou em termos de espécie. Contudo, o mais importante é que ele é um ser que se sabe inacabado, que tem consciência de sua inconclusão e que, por isso mesmo, busca a razão de ser de sua própria existência.

> O homem está no mundo e com o mundo. Se apenas estivesse no mundo não haveria transcendência nem se objetivaria a si mesmo. Mas como pode objetivar-se, pode também distinguir entre um eu e um não-eu. Isto o torna um ser capaz de relacionar-se; de sair de si, de projetar-se nos outros, de transcender [...]. O animal não é um ser de relações, mas de contatos. Está no mundo e não com o mundo. (FREIRE, 1987, p. 30)

Porém, se partirmos dessa diferença ontológica entre o ser humano e o animal, que caracteriza e define a própria natureza de nossa espécie como sendo um processo em construção, quais seriam, então, as características centrais dessa concepção freiriana de natureza humana? É uma natureza que já tem uma essência imutável, ou é construída historicamente?

O ser humano e a consciência de seu inacabamento

Uma característica primordial do ser humano é o *inacabamento de seu ser*, por meio qual nos afirmamos como um projeto existencial aberto ao futuro. A existencialidade de nosso ser funda-se no *horizonte temporal* que dialetiza constantemente passado-presente-futuro, formando uma entidade que nunca se totaliza em si mesma por encontrar-se sempre inconclusa, imperfeita e em busca de novas realizações que deem sentido à vida.

A totalidade de nosso ser, considerada em seu momento presente, se fosse fechar-se em si mesma, negaria a característica que Freire considera ser ontológica no ser humano, a saber, a *busca do ser mais*. É por estarmos em constante busca de transcendência de nós mesmos que nos encontramos sempre projetando o futuro considerando o lugar e o tempo em que nos encontramos historicamente.

O que impulsiona o ser humano para o ser mais, ou para a busca de realização pesssoal no impulso de superar sua incompletude, é a capacidade de tomar consciência de si mesmo e do mundo que o constitui. É por saber-se inconcluso e inacabado que o ser humano luta para superar sua atual condição. Esse movimento o impulsiona constantemente para o futuro, em busca de novos sentidos para sua existência e da autenticidade de seu próprio sentido vital.

Essa transcendência intrínseca à natureza humana, que existencialmente tenciona ser e ser mais (ser aí e vir a ser), é o que constitui o nosso inacabamento e que faz de nossa espécie a autêntica existência no mundo[6], capaz de transformar a realidade

---

[6] Como nos diz Gabriel Marcel "tudo no mundo é, só o ser humano de fato existe porque é o único ser capaz de dar sentido ao mundo e modificar-se a si mesmo ao intervir no mundo, transformando-o".

circundante (suporte da vida) em um mundo que está em constante processo de humanização. Entretanto, o que nos diferencia de outros seres não é o inacabamento do ser em si, mas a consciência de nossa inconclusão.

> Na verdade, o inacabamento do ser ou sua inconclusão é o próprio da experiência vital. Onde há vida, há inacabamento. Mas só entre mulheres e homens o inacabamento se tornou consciente. A intervenção da existência a partir dos materiais que a vida oferecia levou homens e mulheres a promover o suporte em que os outros animais continuam, em mundo. Seu mundo, mundo dos homens e das mulheres. (FREIRE, 1997, p. 55-56)

A consciência da diferença entre suporte e mundo (FREIRE, 1993) revela a capacidade humana de constituir-se culturalmente pelo fato de conhecer as razões de seu viver e elaborar a linguagem conceitual por meio da qual é possível dizer ou expressar o mundo. Ela revela, também, a liberdade de decidir na intervenção, dessa ou daquela forma, no mundo e o salto qualitativo da postura ereta que permitiu que liberássemos as mãos para que, em conjunto com a mente, fizessem de nó o que hoje somos (FREIRE, 1997).

Nesse processo dialético da natureza humana, que vem construindo-se ao fazer e refazer o mundo, ocorre, segundo Freire, a invenção da existência humana:

> O suporte veio fazendo-se mundo e a vida, existência, na proporção que o corpo humano vira corpo consciente, capacitador, aprendedor, transformador, criador de beleza [...]. A invenção da existência envolve [...] a linguagem, a cultura, a comunicação em níveis mais profundos e complexos. (FREIRE, 1997, p. 57)

A invenção da existência humana – que implica a intervenção prática e transformadora no mundo – ocorre, necessariamente, em direção à hominização e humanização do mundo, ou segue um curso indeterminado no processo histórico da humanidade? Essa é uma questão que Freire explora com profundidade em toda sua trajetória de educador, pois não se cansa de ratificar a dimensão essencialmente ética da vida humana por meio da qual nós nos vocacionamos para a humanização, o que não exclui a possibilidade da própria ruptura com a existência ética.

A vocação ontológica do ser mais – humanização

A vocação para a humanização, segundo a proposta freiriana, é uma característica que se expressa na própria busca do *ser mais*. O ser humano aventura-se curiosamente no conhecimento de si mesmo e do mundo, além de lutar pela afirmação e pela conquista de sua liberdade. Essa busca de ser mais, de humanização do mundo, revela que a natureza humana é programada, mas não determinada por estruturas ou princípios inatos. Ou seja,

> é por estarmos sendo assim que vimos nos vocacionando para a humanização e que temos, na desumanização, fato concreto na história, a distorção da vocação. Jamais, porém, outra vocação humana. Nem uma nem outra (humanização, ou desumanização), são destinos certos, dado dado, sina ou fato. Por isso mesmo é que uma é vocação e outra, distorção da vocação. (FREIRE, 1994, p. 99)

É a própria natureza humana em seu modo de existir na história – por implicar um constante fazer-se no mundo humano – que, no entender de Freire, o habilita a definir a vocação ontológica do homem como sendo a luta pela humanização. Frente às realidades históricas de desumanização de milhões de pessoas no mundo todo (o que constitui a própria negação dessa vocação ontológica), a luta pela humanização funda-se antropologicamente e eticamente no processo de construção desse ser inconcluso, que busca recuperar sua humanidade e superar o atual estágio de afirmação de seu *ser mais*. Esse é o sentido antropológico que devemos conferir à existência de nossa espécie, do contrário, cairíamos em posições niilistas e profundamente desesperadoras. Seria o caso se admitíssemos que a desumanização não consiste em mera distorção humana, mas em sua própria vocação histórica.

> A desumanização, que não se verifica apenas nos que têm sua humanidade roubada, mas também, ainda que de forma diferente, nos que a roubam, é distorção da vocação do ser mais. É distorção possível na história, mas não vocação histórica. Na verdade, se admitíssemos que a desumanização é vocação histórica dos homens, nada mais teríamos que fazer, a não ser adotar uma atitude cínica ou de total desespero. (FREIRE, 1993, p. 30)

O que deve mover a luta dos autênticos humanistas-libertadores é a esperança no potencial dos seres humanos de modificarem o mundo e a si mesmos. Sem essa esperança não é possível a assunção da utopia e a própria conquista da liberdade, capaz de ser afirmada somente por meio de uma ação ético-política libertadora.

Contudo, para a verdadeira libertação ocorrer efetivamente na história humana, é indispensável que se faça uma profunda e radical transformação da cultura e que não mais se reproduza a opressão na sociedade, considerando todas as relações humanas (interpessoais, de classes, econômicas, políticas, religiosas e assim por diante). Essa transformação não partirá do opressor, pois esse, além de desumanizar a quem oprime – porque o proíbe de ser – também desumaniza a si próprio, ao tornar-se cada vez mais insensível, indiferente e responsável em relação às práticas opressoras.

> É por isso que, como indivíduo e como classe, o opressor não liberta nem se liberta. É por isso que, libertando-se, na e pela luta necessária e justa, o oprimido, como indivíduo e como classe, liberta o opressor, pelo fato simplesmente de proibi-lo de continuar oprimindo. (Freire, 1994, p. 100)

Eis, então, a importância política da esperança e da utopia de emancipação sociocultural pela ação dos oprimidos. Contudo, essa visão de transformação social por intermédio da libertação cultural não pode descuidar-se dos equívocos e tendências das concepções mecanicistas e deterministas com relação ao processo histórico. A radicalidade dialética e dialógica deve constituir a base dos diferentes movimentos que lutam pela revolução sociocultural liderada pelos oprimidos de todos os povos, culturas, classes e grupos sociais.

As condições históricas da existência humana

Freire (1994; 1997) concebe que, mesmo não sendo determinados, somos seres humanos condicionados pelo contexto histórico e sociocultural em que vivemos. Contudo, a originalidade da existência humana está em ter consciência de seus condicionamentos, pois, com sua visão crítica sobre o mundo, poderá enfrentar as situações limites superando-as por meio da luta solidária e coletiva pela transformação das realidades condicionantes.

O ser condicionado na natureza humana expressa a historicidade da real existência das pessoas em suas vidas, sempre situadas no tempo e no espaço, com todas as variações socioculturais que essa situação concretiza. Entretanto, por meio dos condicionantes históricos e das transposições destes pela práxis transformadora, os seres humanos se constróem como seres abertos, dialéticos e fazedores de si mesmos.

A luta pela libertação das *situações-limites* em que nos encontramos em nosso mundo histórico-cultural é a razão de ser da nossa existência e o impulso prático para nos humanizarmos como seres capazes de conquistar mais liberdade e construir, permanentemente, novos sentidos para a nossa existência no mundo. Essa é a grande diferença que Freire aponta entre as concepções deterministas e mecanicistas da natureza humana e da vida em sociedade e a concepção radicalmente dialética e dialógica, que nos confere a capacidade ético-política única de poder intervir no mundo. O depoimento do pedagogo é profundamente revelador desse sentido original da concepção da existência humana:

> Gosto de ser gente porque, inacabado, sei que sou um ser condicionado mas, consciente do inacabamento, sei que posso ir mais além dele. Esta é a diferença profunda entre o ser condicionado e o ser determinado. A diferença entre o inacabamento que não se sabe como tal e o inacabamento que histórica e socialmente alcançou a possibilidade de saber-se inacabado. (FREIRE, 1997, p. 59)

Na passagem acima se pode verificar a grande importância que Paulo Freire atribui à consciência que cada ser humano tem de si mesmo, tanto da sua inconclusão, quanto dos condicionamentos da sua forma de existir em sociedade. Porém, a consciência de que nos fala Freire não deve ser concebida de modo espontaneísta, ingênuo ou fragmentado. A luta do educador sempre foi no sentido de que nós devemos superar a condição ingênua em que espontaneamente nos encontramos e atingirmos a criticidade da consciência como realização da própria natureza humana.

Nesse nível, nós somos capazes de ver o porquê de tudo o que está relacionado com a nossa vida.

Em sua última obra publicada em vida, Freire reforça mais uma vez o *papel da conscientização*[7] na construção autêntica da existência humana que, também implica a construção de um mundo socioculturamente mais humanizado. É por meio da consciência crítica do inacabamento de seu ser e da necessária atuação prática para transformar a realidade social que nos condiciona, que nós, seres humanos, somos capazes de transcender a nós mesmos e nos humanizarmos como seres em permanente busca do *ser mais*.

> Entre nós, homens e mulheres, a inconclusão que se reconhece a si mesma implica necessariamente a inserção do sujeito inacabado num permanente processo social de busca. Histórico-sócio-culturais, mulheres e homens nos tornamos seres em que a curiosidade, ultrapassando os limites que lhe são peculiares no domínio vital, se torna fundante da produção do conhecimento. (FREIRE, 1997, p. 61)

A passagem da curiosidade ingênua para a curiosidade crítica ou epistemológica é o sentido que Freire (1980, 1993, 1997) atribui à conscientização. O processo de elaboração/construção/atualização do conhecimento requer, além da tomada de consciência, a radicalidade dialética que produz o constante tencionamento entre reflexão-ação, teoria-prática e discurso-inserção na realidade. Sem esse processo de tencionamento e síntese entre os dois polos dialéticos, a curiosidade epistemológica não se completa, atrofiando, assim, o potencial de transcendência do horizonte da consciência e ocasionando, também, uma certa cristalização da visão de mundo por falta da inserção prática do ser humano na realidade que o está condicionando. As *situações-limites* que desafiam o potencial de realização de uma existência mais livre, consciente e responsável pela sua história não poderão ser

---

[7] Freire ressalta que, por razão das distorções na interpretação que muitos estudos atribuíram ao conceito de conscientização, ele evitou usar o conceito por muitos anos, mas isso não significa que tal conceito perdeu a importância no conjunto de sua proposta pedagógica. Ao contrário, na *Pedagogia da autonomia* (página 61) ele destaca que é mais urgente e necessário falar em conscientização hoje do que nos anos 60.

transpostas na teoria apenas. É a práxis transformadora da realidade, como construção dialética do mundo e dos próprios sujeitos (pessoas humanas), que caracteriza o processo de conscientização e o diferencia da simples tomada de consciência.

A visão da história humana como possibilidade e futuro

A concepção de história como possibilidade vem coroar a visão antropológica de Freire autenticamente comprometida com a libertação/humanização do mundo sociocultural e historicamente construído. As características da natureza humana, tematizadas pelo autor por meio das categorias da *inconclusão*, do *ser mais* e da *consciência humana* sobre sua condição de *ser no mundo*, convergem para uma visão de história que, refutando veementemente os fatalismos e os determinismos justificadores da realidade, concebe à espécie humana a capacidade e a responsabilidade pelos destinos de si mesma e do mundo.

As concepções deterministas da história humana se reproduzem em ambas as posições políticas (dos reacionários ou revolucionários) quando se concebe a realidade do mundo de modo necessário e equivocadamente antidialético. Ou seja, tanto os fatalismos de direita, quanto as visões mecanicistas de esquerda reproduzem uma concepção domesticadora do futuro histórico da humanidade ao conceberem que, necessariamente, os fatos seguirão um processo previamente definido, independentemente das vontades subjetivas, das esperanças, dos sonhos e das utopias existentes na interação dos seres humanos em um mundo histórica e socioculturamente construído.

> Essa visão "domesticada" do futuro, de que participam reacionários e "revolucionários", naturalmente cada um e cada uma à sua maneira, coloca, para os primeiros, o futuro como repetição do presente que deve, porém, sofrer mudanças adverbiais e, para os segundos, o futuro como "progresso inexorável". Ambas estas visões implicam uma inteligência fatalista da história, em que não há lugar para a esperança autêntica. (FREIRE, 1994, p. 101)

O fatalismo de direita, hoje representado pela ideologia neoliberal, defende a manutenção do sistema capitalista em sua lógica globalizada, justificando as profundas e dramáticas consequências da exclusão social como sendo uma situação natural da história humana. A fome de milhões de seres humanos, mesmo com um grande excedente de produção de alimentos, a morte de milhares de pessoas por doenças de cura e tratamento simples, o desemprego em massa aumentando mesmo com as indústrias produzindo "a todo vapor", a concentração das riquezas nas mãos das minorias que constituem as elites nacionais e o domínio dos países ricos, que impõem seus planos ao mundo para afirmarem-se cada vez mais poderosos por meio da pilhagem das nações empobrecidas e socialmente desestruturadas, enfim, todos os fatos que constituem a realidade do presente momento da história mundial são concebidos como fatos naturais o que, não poderia ser diferente, porque são eles que constituem a lógica necessária e imutável dos acontecimentos históricos.

As diferentes formas de justificar esse fatalismo conservador se expressam comumente em linguagens do cotidiano, constituídas pela força ideológica. Segundo Freire (1997) os "ditados populares" mais usados para esse fim são:

- "a realidade é triste, mas temos que aceitá-la como ela é";
- "o desemprego é o mal do fim do século, contra os fatos não há o que fazer!";
- "a tecnologia é que impõe esse desequilíbrio na sociedade e contra sua lógica não temos poder de intervenção social";
- "o mercado finalmente venceu seus inimigos e suas regras é que devem comandar o futuro da humanidade".

Todas as afirmações acima expressam uma visão fatalista da história, totalmente conformada com a realidade social vigente que, apesar de ser construída historicamente, passa a ser interpretada como algo intocável em suas estruturas de sustentação porque está acima da intervenção da práxis humana transformadora – ou, quanto muito, deve sofrer algumas adaptações que aperfeiçoem seu mecanismo de reprodução. Essa é uma visão diariamente veiculada na mídia, que busca impor uma leitura de mundo totalmente afinada com a *ideologia dominante*.

Da mesma forma, as *posições fatalistas de esquerda* reproduzem equivocadamente um determinismo grosseiro ao conceberem a história a partir da ideia da inexorabilidade do futuro (FREIRE, 1994, 1995) entendendo o mesmo como algo que necessariamente virá da forma como o interpretamos ou idealizamos. Há inúmeros líderes de movimentos sociais, políticos e militantes da luta contra a dominação embutida nos sistemas sociopolíticos e econômicos vigentes que reproduzem os mesmos equívocos das visões conservadoras, ao conceberem a história como sendo determinada por leis necessárias e quase que totalmente indiferentes à vontade humana. A crítica de Freire a tais concepções não poderia ser menos veemente do que a exposta anteriormente. Ele denuncia essa visão mecanicista definindo-a como um fatalismo libertador, que acredita de forma ingênua em uma libertação e humanização do mundo como sendo uma doação da história.

Essa forma de entender a história e a vida humana é tão autoritária e antidialética quanto a visão fatalista conservadora que justifica a realidade tal qual ela existe. A dogmatização da análise sobre a história e o mundo socioculturalmente construído nega, igualmente, o valor da subjetividade humana, do sonho e da esperança, como fatores relevantes para os processos de libertação do homem diante das *situações-limites* que estão atrofiando a vida e para a construção de uma nova estrutura de sociedade mais humana e justa. Em última instância, há, nessa visão mecanicista da história, uma distorção na forma de conceber o ser humano, a liberdade e o papel da consciência desde o processo de sua formação dialética, até na maneira como se insere criticamente no mundo (FREIRE, 1995).

Contudo, é no resgate do valor do *sonho e da utopia* que Freire procura desenvolver e valorizar uma concepção de história como possibilidades humanas. A dialeticidade da existência humana, como um processo aberto que vai se construindo e reconstruindo na busca de fazer a própria história, é a chave de leitura na concepção freiriana de história como libertação. Para o autor a tomada de consciência de nossos condicionamentos e *situações-limites* que nos oprimem como seres humanos, deve servir-nos de impulso para a superação concreta de nossos problemas histórico-existenciais.

A esperança na histórica *vocação para a humanização* que nossa espécie vem afirmando, desde sua articulação entre o inato e o adquirido, não deve ser concebida de forma ingênua ou idealista. Ao contrário, Freire concebe a esperança e a utopia a partir do que nos caracteriza como transcendentes diante da realidade factível e já consolidada. Nossa natureza nos constitui como seres que autoconstroem em um processo aberto, dinâmico e inacabado que podem educar-se e humanizar-se por toda a vida. Ou melhor, para Freire, nós seres humanos somos naturalmente educáveis desde nossas dimensões mais próprias, o que nos torna profundamente insatisfeitos com o que já somos e nos impulsiona na busca de *ser mais*.

A historicidade da vida humana deixa em aberto a questão do futuro, que jamais poderá ser aprisionado por qualquer análise teórica ou perspectiva de compreensão da condição do homem no mundo. As possibilidades de construção de novas formas de viver, organizar a cultura, as instituições e os projetos de vida em sociedade continuam a desafiar toda e qualquer metanarrativa que tenha a pretensão de explicar os fenômenos humanos e históricos a partir de um sistema lógico e racionalizado. A história não terminou e as possibilidades de humanização da vida em sociedade continuam a desafiar-nos enquanto perspectivas para uma educação que aponta para novas alternativas da existência humana.

CAPÍTULO IV

CRONOLOGIA:
VIDA E OBRA – TEMPOS E LUGARES

1921. Em 19 de setembro nasce Paulo Reglus Neves Freire no bairro da casa amarela, estrada do Encantamento, n° 724, Recife – Pernambuco. Filho de Joaquim Temístocles Freire e Eldetrudes Neves Freire, era o mais velho de quatro irmãos. Seu pai faleceu quando ele era muito jovem, trazendo esse fato enormes dificuldades para a sua família, principalmente para sua mãe viúva, que lutava pela subsistência da família.

1931. A família se muda para Jaboatão, cidade vizinha da capital pernambucana, distante 18 quilômetros de Recife. Tal mudança teve para Freire "sabor de dor e prazer, de sofrimento e de amor, de angústia e de crescimento" (Ana Mª Freire, 1996). Aos 13 anos de idade conheceu a dor da perda do pai, mas também teve o prazer de conviver com os amigos e com pessoas solidárias naqueles tempos difíceis de crise financeira e da luta de sua mãe, precocemente viúva, para sustentar a família. Foi em Jaboatão que Freire concluiu a escola primária e onde, em seguida, fez o primeiro ano ginasial (no Colégio 14 de Julho), com muitas dificuldades para acompanhar os estudos devido às precárias condições financeiras de sua família. Em Jaboatão, ainda muito jovem, Freire experienciou a concretude da vida difícil de ser pobre. Ali, soube o que é passar fome e começou a se perguntar o que poderia fazer para que o mundo fosse mais justo.

1939. Freire ingressou no Colégio Oswaldo Cruz de Recife e completou os sete anos de estudos secundários (curso fundamental e pré-jurídico), ingressando, aos 22 anos de idade, na Faculdade de Direito de Recife. Porém, após sua primeira causa como profissional do direito, Freire desiste da carreira de advogado e se dedica ao magistério.

1944. Antes de ter concluído seus estudos universitários, casou-se, em 1944, com a professora primária Elza Maria Costa de Oliveira, com quem teve cinco filhos: Maria Madalena, Maria Cristina, Maria de Fátima, Joaquim e Lutgardes. Nesse mesmo período, após abandonar a carreira jurídica, tornou-se professor de Língua Portuguesa do Colégio Oswaldo Cruz, do qual tinha sido aluno durante os sete anos de sua formação secundária.

1947. Freire foi convidado para trabalhar no setor de Educação e Cultura do SESI, órgão recém criado pela Confederação Nacional das Indústrias. Nessa experiência, teve contato com a educação de adultos trabalhadores e sentiu mais de perto a problemática da educação brasileira, principalmente sua realidade excludente, presente nos altos índices de adultos analfabetos. No SESI, Freire ocupou o cargo de diretor, de 1947 a 1954, e foi superintendente, entre 1954 a 1957.

1961. O prefeito Pelópidas Silveira nomeou Paulo Freire, e mais oito colegas educadores, para o Conselho de Educação de Recife. Alguns anos mais tarde, ocupou o cargo de diretor da Divisão de Cultura e Recreação da Prefeitura Municipal de Recife. Prestou concurso e obteve o título de Doutor em Filosofia e História da Educação, defendendo a tese *Educação e atualidade brasileira*. O concurso lhe deu direito a tomar posse na Universidade do recife em Janeiro de 1961.

1962. Extrapolando a área acadêmica e institucional, Freire engajou-se nos movimentos de Educação Popular. Foi um dos fundadores do Movimento de Cultura popular (MCP) do Recife e nele trabalhou, juntamente com outros intelectuais, buscando valorizar a cultura popular e promover a participação das massas na vida da sociedade brasileira e em seu processo de democratização. Foi com esse trabalho que foram lançadas as sementes do Método Paulo Freire, com o autor assessorando as campanhas de alfabetização em vária regiões do nordeste brasileiro, a exemplo de Natal e Angicos, no estado do Rio Grande do Norte.

1963. A convite do então Ministro da Educação Paulo de Tarso Santos, do recém empossado governo Goulart, Freire foi para Brasília trabalhar no planejamento de uma campanha nacional de alfabetização de jovens e adultos. Nasceu, assim, sob sua coordenação, o Programa Nacional de Alfabetização, que, pelo Método Paulo

Freire, tinha como meta alfabetizar cinco milhões de adultos em todo o país. Quando começava a implantação desse processo e eram organizados os primeiro cinco mil círculos de cultura em todo o país, veio o golpe militar, desarticulando todas as reformas de base que o Governo Goulart buscava realizar e interrompendo bruscamente a proposta de alfabetização de adultos concebida pela equipe do MEC. Com o golpe consolidado, Freire foi preso e, durante 60 dias, interrogado pelos agentes militares e aconselhado a sair do país, por ter sido considerado subversivo, perigoso à ordem e comunista, segundo a política oficial do regime.

1964. Em um longo caminho para o exílio, primeiramente Freire pede asilo político na embaixada da Bolívia no Rio de Janeiro, que lhe foi concedido, mas apenas 15 dias depois de sua chegada à La Paz, eclode também um golpe militar naquele país. Então, o educador é aconselhado a pedir asilo no Chile, onde vai vivenciar anos de intenso aprendizado no Departamento da Reforma Agrária, do qual se torna funcionário no Governo de Eduardo Frei, de 1965 a 1968. No Chile, os intelectuais e lideranças políticas brasileiras têm a oportunidade de analisar de modo mais crítico e de debater mais livremente a situação da América Latina no mundo. Nesse período de exílio, Freire escreve sua obra mais conhecida no mundo todo – a *Pedagogia do oprimido* – a partir de incansável diálogo com seus interlocutores, camponeses e colegas de trabalho, além do círculo de amizade que se formou em torno da residência da família Freire, a exemplo de Ernani Maria Fiori que escreveu o prefácio desse mesmo livro.

1968. É um ano muito significativo para a história da vida de Freire como intelectual e autor de uma obra que influenciou muitos militantes, intelectuais e pesquisadores ligados às ciências humanas, principalmente à educação. Em 1968, o autor lança sua obra mais conhecida no mundo – a *Pedagogia do oprimido*. Na *Pedagogia da esperança*, lançado em 1992, ele relembra fatos e episódios importantes ligados à elaboração da *Pedagogia do oprimido*, que foi um livro escrito de forma artesanal e elaborado a partir de fichas, bilhetes e anotações que foram surgindo durante quatro anos de trabalho no Chile. Uma dessas passagens merece destaque e convém ser expressa pelo próprio Freire:

Mas, foi por causa de todo aquele esforço artesanal que, ao começar a redigir o texto em julho de 1967, aproveitando um período de férias, em quinze dias de trabalho em que atravessava não raro as noites, escrevi os três primeiros capítulos da Pedagogia. Datilografado o texto, que pensava já concluído com três capítulos [...] entreguei-o a meu grande amigo, jamais esquecido, e com quem sempre muito aprendi, Ernani Maria Fiori, para seu prefácio. Quando Fiori me entregou seu excelente estudo em dezembro de 1967, tomei algumas horas à noite, lendo desde seu prefácio até a última palavra do terceiro capítulo, para mim, então, o último.

No entanto, passei a seguir um conselho de outro amigo Josué de Castro, que dizia ser um bom hábito para quem escreve, após terminar um livro, ou ensaio, metê-lo em quarentena por uns dois ou três meses, numa gaveta e deixá-lo ali sem mais retirá-lo até uma nova leitura após esse tempo, pois a gente sempre muda algo após essa nova leitura.

Lá uma noite dois meses e pouco depois, me entreguei por horas ao reencontro com os originais. Era quase como se estivesse reencontrando um velho amigo. Foi mesmo com emoção que li, pagina por página, o texto todo [...]. Não realizei mudanças importantes nele, mas fiz a fundamental descoberta de que o texto estava inacabado. Precisava de um capítulo a mais. Foi assim que escrevi o quarto e último capítulo da *Pedagogia do oprimido*. (FREIRE, 1994, p. 60 e 61)

O livro que tornou Freire conhecido mundialmente foi publicado primeiramente em espanhol, depois em inglês e só em 1975 houve permissão do regime militar brasileiro para ser publicado em português.

1970. Freire recebe um convite de universidades norte-americanas para a realização de seminários diretamente relacionados com sua obra *Pedagogia do oprimido* e a proposta de educação crítico-problematizadora que já passava a ser discutida em círculos internacionais de pedagogos. O educador aceita o convite e, no segundo semestre de 1969, muda-se para os EUA. Lá trabalhou um semestre na Universidade de Harvard, como professor convidado, e logo recebeu um convite para ir trabalhar no Conselho Mundial das igrejas em Genebra, na Suiça, como consultor do Departamento de Educação. Por meio de assessorias aos projetos que esse órgão vinha desenvolvendo em países do terceiro mundo, relacionados ao processo de libertação política-cultural via educação,

Freire teve a oportunidade de vivenciar inúmeras experiências em países e continentes diferentes, entrando em contato com a diversidade cultural de povos e processos históricos diferenciados. Nesse período, viaja muito para a Ásia, principalmente para a Índia, e para a África (nos países de Angola e Guiné-Bissau), além da Oceania e América. Na África, o pedagogo sente-se em casa, tanto pela semelhança com sua terra, com a cultura nordestina e com a alegria do povo, quanto pelas semelhanças geográficas (vegetação, clima e paisagens próximas das quais sentia falta).

1970-79. Nesse período, Freire desenvolve projetos em diferentes países do terceiro mundo, articulados com a proposta do Conselho Mundial de Igrejas de colaborar nos percursos de uma educação para a paz e libertação dos processos opressores a que estão submetidos os povos de países atingidos por guerras, crises econômicas e ditaduras militares. Além dos projetos de alfabetização de adultos em Guiné-Bissau, Cabo Verde e Angola e de educação para a conscientização com os Párias na Índia, entre tantos outros, Freire também atua como Professor da Universidade de Genebra, discutindo na Faculdade de Educação suas propostas de uma pedagogia comprometida com a humanização das sociedades contemporâneas. Ele também publica livros importantes, tais como: *Cartas à Guiné-Bissau, Conscientização, Ação Cultural Para a Liberdade e outros escritos, Educação e Mudança*, entre outros.

1979. O escritor regressou do exílio ao Brasil no mês de julho deste ano, logo depois de aprovada a anistia de exilados políticos do Regime Militar. De sua primeira entrevista, quando de seu desembarque em solo brasileiro, fica marcada uma frase que expressa sua coerência e humildade, além do testemunho prático como educador comprometido com a história de nosso país: "volto com o desejo de trabalhar em favor da educação de nosso povo e com a disposição de reaprender o Brasil". Inicia seu trabalho na PUC/SP e UNICAMP, depois concentra suas atividades acadêmicas somente na PUC/SP, onde atuou na Faculdade de Educação e no PPG de Educação até o final de sua vida.

1980. Juntamente com um grupo de intelectuais, militantes sindicais e operários ajudou a fundar o Partido dos trabalhadores

(PT); os estatutos foram aprovados numa assembleia no Colégio Sion/SP, em 10 de fevereiro de 1980. Como intelectual comprometido com a transformação social na perspectiva da humanização e libertação das pessoas que mais sofrem a opressão no seu dia a dia, Freire defendia a necessidade de não apenas conquistar o poder sob vias democráticas, mas a questão mais importante e necessária é a "reinvenção do poder" na perspectiva de uma democracia radicalmente participativa, transparente e voltada para a promoção de maior justiça social.

1982-87. Publicou livros que constituem parte importante de sua obra pedagógica: *A Importância do Ato de Ler; Sobre Educação (Diálogos) volume 1; Por Uma Pedagogia da Pergunta* (coautoria de Antonio Fagundes); *Medo e Ousadia* (coautoria de Schor).

1989. Freire assume o cargo de Secretário Municipal de Educação na gestão da Prefeita Luiza Erundina em São Paulo, e exerce sua administração no período de 1989 a 1991. Sua marca foi o diálogo e a gestão democrática. Organizou sua equipe de trabalho com bastante autonomia e transparência de tal forma que seus assessores mais diretos podiam substituí-lo em qualquer emergência, devido ao trabalho em equipe e às reuniões semanais de planejamento e avaliação do processo educativo, pedagógico e gestão administrativa da rede municipal de ensino. Com relação às contribuições de Freire para a gestão educacional, como Secretário da Educação na cidade de São Paulo, pode-se destacar as mudanças estruturais na forma da gestão escolar: organização dos Conselhos de Escola (constituído por representantes de todos os segmentos da comunidade escolar); o incentivo e mobilização para a estruturação dos grêmios estudantis; a concepção de Escola como polo cultural na comunidade; e os programas de formação permanente dos educadores e de Alfabetização de Jovens e Adultos. O pedagogo pediu afastamento do cargo após dois anos e meio de gestão, pois entendeu que já tinha organizado uma boa equipe de trabalho e encaminhado as principais mudanças que considerava possível no contexto histórico da época. Igualmente, um dos principais motivos foi o de que ele desejava sistematizar o que aprendeu como administrador e líder de uma gestão de ensino em forma de livros e publicações, desafio este que levou a cabo com muita dedicação, publicando vários livros que são referência na área da educação. Eis alguns deles: *Educação na Cidade* (1991); *Pedagogia da esperança* (1992); *Professora Sim, Tia Não* (1993) e *Política e Educação* (1993).

1994. Freire publicou *Cartas a Cristina*, que resgata memórias significativas de sua vida e de suas passagens pelos diferentes lugares e projetos onde atuou como líder ou como colaborador na área da educação. Nesse escrito, como já faz muito também em *Pedagogia da esperança*, Freire não dicotomiza o intelectual do ser humano afetivo, que expressa seus sentimentos, fragilidades e convicções sobre os diferentes aspectos que envolvem o fazer educativo e a vivência da cidadania no mundo contemporâneo.

1995. Vem a público um livro muito expressivo para que possamos entender sua capacidade conectiva e sempre atenta às temáticas contemporâneas. Em *À Sombra Desta Mangueira*, Freire trabalha com os desafios das sociedades atuais nas questões políticas, éticas, culturais e sociais, reforçando o compromisso ético do educador em sua práxis voltada para a transformação das realidades concretas de opressão.

1996. Freire publica sua última obra em vida, *Pedagogia da autonomia*, que expressa uma síntese de sua proposta pedagógica e contextualiza os diferentes aspectos já abordados em outros livros no processo sociocultural em que nos encontramos situados a partir dos anos 90. Esses processos incluem a globalização econômica, o discurso neoliberal, a exclusão social e os desafios que tal contexto impõe no exercício da profissão de docente. Temáticas como a Ética do Ser Humano, as exigências e saberes necessários para o educador manter sua coerência profissional, os desafios na formação de professores e a proposta de uma pedagogia que desacomode a educação e seja comprometida ética e politicamente com o processo de humanização da vida em sociedade, são os grandes eixos trabalhados por Freire em sua *Pedagogia da autonomia*.

1997. Em 2 de maio Freire nos deixa, após enfrentar problemas cardíacos e submeter-se a dois procedimentos cirúrgicos no coração. Partiu, mas deixou um grande legado para nos inspirar e para podermos reinventar na perspectiva de uma melhor educação para as futuras gerações. Certamente partiu desejando ser recordado como alguém que tentou aprender e amar.; aprender com todos por meio do diálogo e da vida esperançosa e amar o mundo e aos outros na perspectiva de uma humanidade melhor. O Educador da Esperança continua nos inspirando em diferentes lutas e processos práticos da ação educativa, para que nos superemos como seres humanos engajados na construção de uma história aberta ao futuro.

CAPÍTULO V

SUGESTÕES DE LIVROS SOBRE FREIRE E A EDUCAÇÃO

A obra de Freire é muito rica e amplamente discutida no campo da educação. Ele é um autor brasileiro que é, possivelmente, mais conhecido em outros países, principalmente europeus, do que no próprio Brasil.

Entretanto, o que se pretende com a lista de livros e pesquisas já publicadas em nosso país sobre Freire é possibilitar ao leitor referências bibliográficas para que o mesmo possa ampliar suas leituras e ter acesso a outros textos relativos às contribuições do educador para a educação contemporânea. Igualmente, pretende-se situar, com breves comentários, a contribuição de cada livro ou pesquisa com relação a que enfoque é explorado pelo autor em relação a obra de Freire.

a) ANDREOLA, Balduino; TRIVIÑHOS, Augusto. *Freire e Fiori no exílio: um projeto pedagógico-político no Chile.*

Os autores situam a contribuição de Freire no período em que atuou no Instituto de Reforma Agrária (1964-69) no governo de Eduardo Frei no Chile e mostram a intensa produção teórica, diretamente relacionada aos debates da realidade social e política da América Latina, nos anos em que Freire conviveu com outros exilados no Chile. Um de seus principais amigos e interlocutores foi o filósofo gaúcho Ernani Maria Fiori, que escreveu o prefácio de sua *Pedagogia do oprimido*, obra que Freire escreveu a baseado em intensos debates com integrantes de movimentos sociais, experiências de Educação Popular e reflexões sobre autores clássicos e interlocutores como Fiori.

b) BEISIEGEL, Celso. *Política e educação popular: a teoria e a prática de Paulo Freire no Brasil.* São Paulo: Ática, 1982.

Situa a obra de Freire na origem do paradigma latino-americano da Educação Popular como experiência de educação inovadora para a pedagogia contemporânea. Explicita as principais teses da obra de Freire no que tange à não neutralidade da educação e as relações de poder que perpassam o campo educacional.

c) BOUFLEUER, José. *Pedagogia latino-americana: Freire e Dussel.* Ijuí: Ed. Unijuí, 1991.

Aborda a educação sob o ponto de vista dos pressupostos epistemológicos, políticos e éticos voltados para o processo de libertação e emancipação social. Relaciona a obra de Freire com a discussão que Dussel elabora no campo da filosofia direcionada para a emancipação dos povos latino-americanos.

d) BRANDÃO, Carlos R. (Org.). *De angicos a ausentes: 40 anos de educação popular.* Porto alegre: MOVA/RS – CORAG, 2001.

O autor organiza um conjunto de textos que refletem sobre a alfabetização de jovens e adultos, resgatando a origem do método freiriano de trabalhar a educação problematizadora e trazendo para os dias atuais, nos desafiando a construir políticas educacionais voltadas para Um Movimento em favor do letramento e da inclusão social. Brandão foi um dos intelectuais que esteve na frente do MOVA/RS no governo de Olívio Dutra (1998-2002), ajudando a planejar uma educação preocupada não só com a leitura da palavra, mas, com o resgate da cidadania e da autoestima dos educandos de classes populares, que historicamente vêm sofrendo no brasil a exclusão da escola e pela escola.

e) BRUTSCHER, Volmir. *Educação e conhecimento em Paulo Freire.* Passo Fundo: IFIPE e IPF, 2005.

O autor destaca que uma educação coerente com a concepção freiriana de conhecimento se coloca num processo dialógico de produção e recriação intersubjetiva de saberes que humanizam nosso ser pessoa. Ele defende que a educação não encontra seu termo na transferência de conhecimentos, mas na relação dialógica entre educadores e educandos em torno do processo gnosiológico. O livro aborda as raízes epistemológicas de Freire a partir de Hegel, Marx e Husserl e articula a concepção de conhecimento do pedagogo com a concepção de educação. Ambos os campos de análise convergem para a defesa de uma concepção antropológica fecunda e inovadora, presente na obra de Freire e que inspira a repensar a educação na perspectiva de construirmos processos socioculturais emancipatórios e humanamente construtivos para a vida em sociedade.

f) CINTRA, Benedito. *Paulo Freire entre o grego e o semita.* Campinas: Unicamp, 1992.

Aborda a relação entre ética e política na obra de Freire e o apelo que a mesma nos deixa com relação à transformação da realidade e sua repercussão no campo educacional. De certa forma, por meio da *Pedagogia do oprimido,* o autor aponta a síntese freiriana entre marxismo e cristianismo, tão polêmica na academia, mas expressamente colocada como possível pelo próprio Freire se tivermos como horizonte o propósito da libertação humana de tudo aquilo que desumaniza as pessoas em sua existência concreta.

g) CUNHA, Diana. *As utopias na educação: ensaio sobre as propostas de Paulo Freire.* Rio de Janeiro: Paz e Terra, 1985.

É um livro que procura explicitar a filosofia da educação que perpassa a obra de freire contrastando-a com Pierre Furter e Ivan Illich que trabalhavam na perspectiva da educação permanente ou da desescolarização.

h) DAMKE, Ilda. *O processo do conhecimento na pedagogia da libertação: as idéias de Freire, Fiori e Dussel.* Petrópolis: Vozes, 1995.

Trabalha com as convergências dos três autores na perspectiva de construir uma proposta da pedagogia libertadora. O tema central do debate é a questão do conhecimento e de sua politicidade, ou não neutralidade, com relação às questões humanas e sociais em um contexto de opressão.

i) GADOTTI, Moacir. *Convite à leitura de Paulo Freire.* São Paulo: Scipione, 1989.

O autor mostra os principais temas trabalhados pela pedagogia freiriana e situa o pensamento do educador no contexto da pedagogia mundial. Relaciona a proximidade entre vida e obra desse grande mestre que propõe o diálogo e a problematização como princípios pedagógicos de uma educação humanizadora.

j) GADOTTI, Moacir (Org.). *Paulo Freire: uma biobibliografia.* São paulo: Cortez, 1996.

É uma volumosa obra que articula textos de autores brasileiros com textos de colaboradores de outros países que refletem sobre os escritos de Paulo Freire e os projetos que desenvolveu ao longo de sua vida. São vários colaboradores que escrevem passagens lindíssimas sobre a vida do pedagogo como pessoa e estudioso da área da educação, e também como militante político em favor de causas humanitárias e de justiça social.

l) GHIGGI, Gomercindo. *A pedagogia da autoridade a serviço da liberdade: diálogos com Paulo Freire e professores em formação*. Pelotas: Seiva, 2002.

O autor trabalha uma das temáticas centrais da pedagogia freiriana, que é a dialética entre autoridade e liberdade. Ele discute a pedagogia por meio de uma experiência de formação de professores em serviço, que vem sendo desenvolvida corajosamente pela Faculdade de Educação da UFEPel. A partir desse contexto de compromisso da Universidade com a formação de educadores progressistas, Gomercindo problematiza obre a autoridade do educador em sua práxis formativa e autoformadora e coloca em discussão o conceito de liberdade em Freire, que é intrínseco à nossa existência em sociedade desafiada por constantes processos de libertação e de conquista do *ser mais*.

m) GHIGGI, Gomercindo; KNEIP, Telmo. *Paulo freire: implicações antropológicas na filosofia da educação de Paulo Freire*. Pelotas: Seiva, 2004.

Os autores abordam a coerência entre a vida e a obra do educador, ressaltando sua humildade em se rever criticamente com relação a conceitos e críticas que vinha recebendo de seus leitores. Na parte central do livro, eles apresentam as principais categorias do pensamento freiriano, na perspectiva de sistematizar uma filosofia da educação inspirada em Paulo freire. O texto finaliza com as implicações antropológicas da pedagogia de Freire ressaltando o valor de uma proposta de educação radicalmente comprometida com o processo de humanização nas sociedades atuais.

n) JANNUZZI, Gilberta. *Confronto pedagógico: Paulo Freire e o MOBBRAL*. São Paulo: Cortez, 1987.

Relaciona as principais teses da pedagogia freiriana voltada para a conscientização, problematização da realidade e práxis transformadora com a campanha de alfabetização de adultos na época dos governos militares. O MOBRAL descaracterizou o método freiriano por meio das cartilhas prontas e da transmissão passiva do conhecimento, na tentativa de configurar uma continuidade do que foi planejado antes do Golpe Militar pelo governo Goulart, tendo a liderança de Freire no MEC para desenvolver um amplo trabalho de alfabetização baseado no Método Paulo Freire.

o) LIBÂNEO, João Batista. *Formação da consciência crítica*. Petrópolis: Vozes, 1980.

Discute três diferentes modos de compreender a realidade por meio da pedagogia freiriana, inspirando-se, principalmente, em *Pedagogia do oprimido* e *Conscientização*, Libâneo caracteriza e diferencia os diferentes níveis de consciência: mágica, ingênua e crítica.

p) LIMA, Vinício A de. *Comunicação e cultura: as idéias de Paulo Freire*. Rio de Janeiro: Paz e Terra, 1981.

O livro relaciona a problemática da comunicação e da cultura como temas centrais na obra de Freire. Discute o papel de ambas categorias nas propostas de educação voltadas para o processo humanista-libertador. Ressalta a valorização da cultura autêntica dos povos oprimidos como ponto de partida para o processo de revolução cultural e emancipação política dos mesmos.

q) MÄDCHE, Flávia C. *Abrindo perspectivas: a intersubjetividade na pedagogia de Paulo Freire*. Porto Alegre: Dacasa Editora, 1998.

Partindo de Paulo Freire, a autora desenvolve uma abordagem de pensamento e ação que define o diálogo como meio de entendimento humano nas relações interpessoais e na coexistência mútua. No contexto de um mundo globalizado, perceber o mundo na perspectiva intercultural, de diálogo e colaboração criativa, tornou-se indispensável para uma maior qualidade de vida e capacidade de construir alternativas de emancipação humana e social. A intersubjetividade é o desafio de uma educação construída no diálogo crítico e amoroso, voltado para a humanização da vida em sociedade, e comprometida com a práxis transformadora da cultura de opressão e das estruturas sociais injustas. O conhecimento desenvolvido de forma participativa e dialógica pode ser um caminho fecundo para reconstruirmos os processos culturais em um mundo perpassado por estruturas de poder voltado para a dominação. Antropologicamente, a educação poderá contribuir para uma nova formação cultural da sociedade, sendo meio e processo de libertação humana e social.

r) MANFREDI, Sílvia M. *Política e educação popular: experiências de alfabetização no Brasil com o método Paulo Freire – 1960 a 1964.* São Paulo: Cortez, 1981.

O livro faz um resgate histórico das experiências desenvolvidas, a partir do Método Paulo Freire, com alfabetização de adultos no período que antecede o golpe militar no Brasil. Mostra a riqueza do processo humano e cultural por meio da metodologia dialógica e problematizadora, que valoriza os diferentes saberes na perspectiva de sistematizar um pensamento crítico e comprometido com a transformação social. Aborda, também, o debate político sobre os possíveis interesses do governo federal da época com relação ao controle ideológico e ao exercício de poder sobre as massas de alfabetizandos em período de eleições.

s) MACLAREN, Peter; LEONARD, Peter; GADOTTI, Moacir (Orgs.). *Paulo Freire: poder, desejo e memórias da libertação.* Porto Alegre: Artmed, 1998.

Os autores analisam a obra de Freire considerando-o como um dos pedagogos mais importantes do século XX. Mesmo em um tempo de incertezas e "morte da subjetividade", as reflexões apontam para a necessidade de discutir a dimensão política da educação e consideram o pensamento freiriano inspirados na articulação entre as temáticas poder – desejo – libertação. As temáticas trabalhadas giram em torno da alfabetização crítica e da resistência política das classes populares; da pedagogia política de Freire; do humanismo radical e democrático em Freire; do pensamento freiriano com relação à juventude na era digital; e do papel do diálogo na reconstrução do poder.

t) PAIVA, Vanilda. *Paulo Freire e o nacionalismo-desenvolvimentista.* Rio de Janeiro: Civilização brasileira, 1980.

Constitui-se de uma análise sobre as conexões do Método Paulo Freire com o movimento intelectual brasileiro dos anos

50 e 60. A autora defende a tese de que o pensamento de Freire traduz, para o campo da pedagogia, as ideias nacional-desenvolvimentistas ligadas aos intelectuais do ISEB. Problematiza as raízes do discurso pedagógico freiriano nesse contexto histórico, marcado fortemente pelo desenvolvimentismo e nacionalismo.

u) SOUZA, João F. *A atualidade de Paulo Freire*. Recife: UFPE, 2001.

O livro discute as contribuições da pedagogia de Freire para o debate da educação na perspectiva da diversidade cultural. A inspiração freiriana do diálogo intercultural perpassa o texto que aborda elementos importantes sobre o multiculturalismo numa perspectiva crítica e aberta aos novos cenários da reconstrução das culturas por meio de intensas trocas e possibilidades de interação social, hoje colocadas e potencializadas pelas tecnologias e pelo acesso às informações.

v) STRECK, Danilo. *Pedagogia no encontro de tempos: ensaios inspirados em Paulo Freire*. Petrópolis: Vozes, 2001.

O autor traz como referência a realidade latino-americana, marcada por desigualdades sociais e pela diversidade cultural, além dos tempos díspares, inspirando-se em Paulo Freire na perspectiva de construirmos alternativas desde o campo da educação. Aborda temáticas tais como: o papel da metáfora na educação contemporânea, a universalidade da obra de Freire, exclusão e cidadania e a educação como ação cultural e de libertação.

w) STRECK, Danilo (Org.). *Paulo Freire: ética, utopia e educação*. Petrópolis: Vozes, 1999.

O livro reúne textos de diferentes autores que têm em Freire a inspiração central para abordar temáticas diversas concernentes à educação na atualidade, tais como: a ética, a questão da interdisciplinaridade, as transformações sociais e políticas num mundo globalizado, a perspectiva de uma Pedagogia da esperança e o desafio da emancipação social.

x) TORRES, Carlos A. *Pedagogia da luta: da Pedagogia do oprimido à escola pública popular*. São Paulo: Papirus, 1997.

O autor retoma o tema freiriano da aliança entre teoria e prática, saber científico e compromisso político. Não basta ter um projeto e saber o traçado do caminho a seguir, mas é preciso, além da vontade política, termos o conhecimento científico para avançarmos no campo da educação. É um livro que fala dos temas centrais da pedagogia freiriana: o diálogo e a práxis transformadora das realidades sociais desumanas; os movimentos sociais na luta pela transformação da sociedade; o papel da Educação Popular na América Latina, e a perspectiva de uma educação da esperança. São temáticas trabalhadas a partir do desafio de desenvolver uma pedagogia voltada para o empoderamento dos oprimidos construída na luta por um mundo mais humanizado e feliz.

z) ZITKOSKI, Jaime José. *Horizontes da refundamentação em educação popular: um diálogo entre freire e Habermas.* Frederico Westphalen, URI, 2000.

O autor discute a atualidade da Educação Popular em relação aos movimentos sociais que, na América Latina, historicamente se inspiravam nos referenciais do marxismo. Em tempos de incertezas e de crise dos referenciais marxistas, o diálogo entre Freire e Habermas é pautado segundo a perspectiva da revisão das propostas de Educação Popular em seus referenciais teóricos e da construção de novas formas de organizar as lutas emancipatórias por meio de um diálogo crítico e criativo com os cenários que se apresentam nos diferentes processos socioculturais que estão em curso nas sociedades contemporâneas.

CAPÍTULO VI

SITES RELACIONADOS À OBRA DE FREIRE

http://www.Paulofreire.org

Organizado pelo Instituto Paulo Freire, com sede na cidade de São Paulo, uma rede internacional de pessoas e instituições que conta, atualmente, com mais de 90 membros colaboradores. O IPF desenvolve vários projetos inspirados na pedagogia freiriana, tais como: Escola Cidadã; Propostas de Cidades Educadoras; Educação de Jovens e Adultos; Cidadania planetária; entre outros.

http://www.ifipe.edu.br

Organizado pelo Centro de Educação Popular de Passo Fundo/RS, que desenvolve projetos de formação de lideranças e pesquisas na região e propostas de Educação Popular inspirados na pedagogia freiriana.

http://www.edcities.bcn.es

O Núcleo central para assuntos relacionados ao Movimento das Cidades Educadoras, que trabalha numa perspectiva de educação voltada para a emancipação social. Muitos projetos, principalmente nas cidades da América latina, são trabalhados de forma expressiva com as experiências de Educação Popular inspiradas no pensamento político pedagógico freiriano.

http://www.pucsp.br/paulofreire/

Relata a experiência de Paulo Freire na Faculdade de Educação da PUC/SP, os projetos que desenvolveu, sua inserção na Pós-graduação e trabalhos desenvolvidos em parceria com as comunidades e com o poder Público Municipal na gestão de Eluiza Erundina.

http://www.paulofreire.ufpd.br

Trata da vida e da obra de Freire e suas contribuições para a pedagogia mundial, principalmente na perspectiva da Educação Popular.

http://www.ppbr.com/ipf/bio/

Traz informações sobre a obra de Freire, seus principais livros e as parcerias que estabeleceu e que resultaram em livros dialogados com outros autores. Relata os principais livros sobre o educador, dissertações e teses desenvolvidas a partir de sua obra.

http://www.suapesquisa.com/paulofreire/

Contém informações sobre o Método Paulo Freire e situa a produção do autor trazendo comentários sobre seus principais livros e publicações de entrevistas, artigos e documentários. Trabalha elementos centrais da pedagogia freiriana.

http://www.eventos.vevora.pt/ilb/CIPF/

Centro de pesquisa sobre a vida e a obra de Freire, catalogando seus principais escritos e experiências nas instituições e projetos onde atuou em sua longa trajetória profissional.

Considerações finais

Freire buscou, em sua proposta pedagógica e ao longo de sua história de vida, lutar por uma educação humanizadora e contribuir para o resgate do papel da subjetividade humana na história, da importância de promover o desenvolvimento da consciência crítica e da construção da liberdade, que precisamos cultivar de modo autenticamente dialético, via permanente movimento reflexão-ação. A grande contribuição do autor para a área da educação é o de resgate do humano numa época em que se configura o avanço da formação tecnicista e os processos educativos tornam-se reducionistas com relação à formação cultural e desenvolvimento das múltiplas inteligências do ser humano.

O resgate do valor do sonho, da esperança, da utopia é a base de uma concepção de educação profundamente dialética e libertadora da vida humana em sociedade. Nessa direção, Freire reforça a importância desses sentimentos como condição intrínseca à própria natureza humana, que vai se construindo na história.

> Fazendo-se e refazendo-se no processo de fazer a história, como sujeitos e objetos, mulheres e homens, virando seres da inserção no mundo e não da pura adaptação ao mundo, terminaram por ter no sonho também um motor da história. Não há mudança sem sonho, como não há sonho sem esperança. (FREIRE, 1994, p. 91)

A maneira como Freire concebe a dialética da existência humana no mundo, como um processo aberto que vai construindo-se e reconstruindo-se na busca de fazer a própria história, é o fundamento de uma concepção de história como libertação humana. Para Freire a tomada de consciência de nossos condicionamentos, *situações-limites* que nos oprimem como seres humanos, deve proporcionar um novo impulso essencialmente vital à existência humana, a saber, o sonho e a esperança que constituem a construção da utopia de um projeto emancipatório na história. O cultivo do sonho e da esperança, como motores da história (não únicos), que a natureza humana foi elaborando em sua experiência existencial, é o que nos move em direção a uma intervenção transformadora no mundo concreto, visando a superação de todas as situações limites que possam nos oprimir como seres em busca da liberdade.

Portanto, não é possível nos entendermos como seres humanos sem essas dimensões vitais que movem a autêntica utopia de um futuro histórico para a humanidade e nos impulsionam para a superação de nós mesmos. Essa é a dinâmica da natureza humana, que busca transcender a si mesma por meio da busca permanente da transposição das barreiras que atrofiam seu potencial e desvirtuam a sua própria vocação para o *ser mais*.

A esperança, na histórica vocação que a nossa espécie vem afirmando desde a sua articulação entre o inato e adquirido, não deve ser concebida de forma ingênua, puramente idealista e sem critério de realidade na experiência humana. Ao contrário, Freire fundamenta a esperança de humanização por meio da transcendência de uma natureza que se constrói a si mesma em um processo aberto e dinâmico, como mostramos acima, e mais ainda, na possibilidade da educação do ser humano.

O maior impulso que o educador assegura como possibilidade de humanização de nosso mundo reside no fato de que nós, seres humanos, somos naturalmente seres educáveis, desde a dimensão mais profunda (ontológica) de nosso existir, que é a consciência que temos do mundo e de nós mesmos. Como bem explicita Freire (1994), a importância da consciência está em que, não sendo ela a fazedora da realidade, não é, por outro lado, puro reflexo seu. É exatamente nesse ponto que se coloca a importância da educação como ato de conhecimento, não só de conteúdos, mas da razão de ser dos fatos econômicos, sociais, políticos, ideológicos, históricos, que explicam o maior ou menor grau de "interdição do corpo" consciente a que estejamos submetidos.

O potencial da educação como base para a humanização inscreve-se na própria natureza da consciência humana, que se caracteriza radicalmente por sua transitividade. Nossa consciência está voltada para além de si mesma, então, é passível de sofrer alterações e interferências, assim como, é também, causadora de interferências no mundo concreto e, portanto, jamais está totalmente intransitiva, ou fechada em si própria.

É a partir desse ponto que Freire, coerentemente com sua visão antropológica, elabora uma teoria epistemológica que articula o potencial de autoconstrução da natureza humana com a necessária intervenção política no mundo, tendo por objetivo torná-lo mais ético, digno e justo para todos. Essa proposta epistemológica do escritor articula-se coerentemente com uma postura ético-política autêntica (TORRES, 1997) no sentido de construirmos processos educativos libertadores frente a tudo o que limita, atrofia e oprime o potencial humanizador da existência do homem em sociedade.

A discussão de sua proposta pedagógica continua impulsionando inúmeros projetos de educação no mundo todo e colocando o desafio de reinventarmos os processos educativos por meio de um olhar mais esperançoso sobre a perspectiva de futuro da humanidade. Tudo o que foi construído historicamente pode ser recriado, reinventado e organizado de outro modo segundo os interesses e sonhos das pessoas que fazem a história. Em termos educacionais, hoje, não estamos vivendo o melhor dos mundos, mas também muitas experiências nos trazem a esperança de que é possível criarmos algo melhor do que já foi construído. Sempre será possível projetar algo novo, diferente e voltado para formas de construir o humano de modo mais aberto, livre e criativamente voltado para um futuro que é possível de ser alcançado. Eis a mensagem fecunda e desafiadora de Freire para o campo da educação; vivermos o sonho coletivamente e construirmos um mundo mais belo e feliz.

Referências

ADORNO, Theodor W. Conceito de Iluminismo. In: *Os Pensadores*. São Paulo: Nova Cultural, 1996.

CIRNE-LIMA, Carlos R. *Dialética para principiantes*. Porto Alegre: EDIPUCRS, 1996.

DEMO, Pedro. *Pobreza política*. São Paulo: Cortez, 1993.

DUSSEL, Enrique. *Para uma ética da libertação da América latina*. São Paulo: Loyola, 1977. v. 2.

FIORI, Ernani M. Aprender a dizer a sua palavra. In: *Pedagogia do oprimido*. São Paulo: Paz e Terra, 1993.

FREIRE, Ana de Araújo. A Trajetória do Educador da Esperança. In: *Paulo Freire: uma biobibliografia*. São Paulo: Cortez, 1996.

FREIRE, Paulo. *Pedagogia da autonomia*. São Paulo: Paz e Terra, 1997.

FREIRE, Paulo. *Pedagogia da esperança*. São Paulo: Paz e Terra, 1994.

FREIRE, Paulo. *Pedagogia do oprimido*. São Paulo: Paz e Terra, 1993.

FREIRE, Paulo. *À sombra desta mangueira*. São Paulo: Olho D'água, 1995.

FREIRE, Paulo. *Educação e mudança*. Rio de Janeiro: Paz e Terra, 1987.

FREIRE, Paulo. *Extensão ou comunicação?* São Paulo: Paz e Terra, 1992.

FREIRE, Paulo. *Cartas a Guiné-Bissau*. São Paulo: Paz e Terra, 1984.

FREIRE, Paulo. *Conscientização*. São Paulo: Ed. Moraes, 1980.

GADOTTI, Moacir. *Paulo Freire: uma biobibliografia*. São Paulo: Cortez, 1996.

GIROUX, Henri. Paulo Freire e a política do pós-colionalismo. In: *Paulo Freire: poder, desejo e memórias da libertação*. Porto alegre: Artmed, 1998.

HABERMAS, Jürgem. *Pensamento pós-metafísico*. Rio de Janeiro: Tempo Brasileiro, 1990.

HABERMAS, Jürgem. *O discurso filosófico da modernidade*. Lisboa: Dom Quixote, 1998.

MEJÍA, Marco R. *Transformação social*. São Paulo: Cortez, 1996.

SIEBENEICHLER, Flávio. *Jürgem Habermas: razão comunicativa e emancipação*. Rio de Janeiro: Tempo Brasileiro, 1994.

TORRES, Carlos Alberto. *Pedagogia da luta: da Pedagogia do oprimido à escola pública popular*. São Paulo: Papirus, 1997.

ZITKOSKI, Jaime José. *O Método fenomenológico de Husserl*. Porto Alegre: EDIPUCRS, 1994.

ZITKOSKI, Jaime José. *Horizontes da refundamentação em educação popular: um diálogo entre Freire e Habermas*. Frederico Westphalen: Ed. URI, 2000.

O AUTOR

Jaime José Zitkoski é Professor Adjunto da Faculdade de Educação da Universidade Federal do Rio Grande do Sul (UFRGS), na área de Filosofia da Educação. Doutorou-se em Educação pela UFRGS, com sua pesquisa sobre a refundamentação da educação a partir do diálogo entre Freire e Habermas. Fez mestrado em Filosofia na PUCRS, na área de Filosofia do Conhecimento, discutindo a temática do método fenomenológico. Publicou livros e desenvolveu diversas pesquisas na área de Educação. Dentre suas publicações, destacam-se: *Horizontes da refundamentação em educação popular: um diálogo entre Freire e Habermas* (EDURI, 2000); *O método fenomenológico de Husserl* (EDIPUCRS, 1994); *A construção de uma escola democrática e popular na perspectiva de Paulo Freire* (Capítulo de Livro, Ed. Pallotti, 2005); *Diálogo e conscientização: a construção do conhecimento na pedagogia freireana* (Capítulo de Livro, Editora da Universidade de Passo Fundo, 2004). É um dos organizadores do *Dicionário Paulo Freire*, publicado pela Autêntica Editora em 2008 e reeditado em 2010.

Qualquer livro do nosso catálogo não encontrado nas livrarias pode ser pedido por carta, fax, telefone ou pela Internet.

✉ Rua Aimorés, 981, 8º andar – Funcionários
Belo Horizonte-MG – CEP 30140-071

📱 Tel: (31) 3222 6819
Fax: (31) 3224 6087
Televendas (gratuito): 0800 2831322

@ vendas@autenticaeditora.com.br
www.autenticaeditora.com.br

Este livro foi composto com tipografia Garamond e impresso em papel Off set 75 g na Sermograf Artes Gráficas.
